KB078462

黑星

검은별

허담 新무협 판타지 소설

FANTASTIC ORIENTAL HEROES

검은 별 4

허담 新무협 판타지 소설

초판 1쇄 찍은 날 § 2014년 12월 15일
초판 1쇄 펴낸 날 § 2014년 12월 22일

지은이 § 허담
펴낸이 § 서경석

편집부장 § 권태완
편집책임 § 박가연

펴낸곳 § 도서출판 청어람
등록번호 § 제387-1999-000006호
등록일자 § 1999. 5. 31
어람번호 § 제2-2558호

주소 § 경기도 부천시 원미구 부일로 483번길 40 서경B/D 3F (우) 420-822
전화 § 032-656-4452 팩스 § 032-656-4453
http://www.chungeoram.com
E-mail § chungeorambook@daum.net

ⓒ 허담, 2014

ISBN 979-11-04-90025-9 04810
ISBN 979-11-316-9247-9 (세트)

검은 별

4

운명의 물결

허담 新무협 판타지 소설

FANTASTIC ORIENTAL HEROES

도서출판 청어람

제1장
진실의 무게

그가 눈앞에 있었다. 죽성촌의 백의 문사다. 그러나 빛이 없는 곳에서 그를 보자니 문사라기보다는 혼령처럼 느껴진다.

'꿈을 꾸고 있는 건가?'

현실이란 것을 알고 있지만, 이 어두운 공간에서 백의 문사를 보고 있으니 마치 꿈을 꾸고 있는 듯한 느낌이 들었다. 그만큼 백의 문사의 기도가 신비롭기 때문일 것이다.

'중광! 당 소저!'

갑자기 중광과 당목의 안위가 걱정됐다. 그러자 살기가 치솟는다. 그러나 마음뿐, 궁비영에게는 자신의 몸도 지탱할 힘이 없었다.

"그들은 어찌 되었느냐?"

"그들? 아, 그대의 동료들 말이군. 걱정 마시게. 그들은 깊은 잠을 자고 있네. 아주 편하게 말이네. 내일 아침이면 기분 좋게 깨어날 걸세."

극독을 쓴 것이 아니라는 말이다. 그러자 더 이해할 수 없었다. 도대체 이자들이 원하는 것이 뭐란 말인가.

궁비영이 이를 악물며 가부좌를 틀었다. 그 작은 움직임조차 제법 많은 땀을 흘리게 만들었다.

"무리하지 말게."

백의 문사가 부드럽게 말했다. 그러나 그 부드러움이 오히려 궁비영을 소름 끼치게 만들었다. 유령이 어둠 속에서 속삭이는 듯한 느낌 때문이다.

"원하는 것이 뭐냐?"

궁비영이 물었다. 그러면서 깊이 심호흡을 했다. 몸속의 진기가 하나도 느껴지지 않는다. 그러나 다행히도 그에게는 무화공이 있었다.

한순간 무화공을 일으켜 찬 공기 중에 흐르는 기운을 받아 혈도를 정화했다. 그러자 정신이 조금 맑아졌다.

"대단한 정신력이군. 과연… 그의 아들다워!"

백의 문사가 감탄한다.

'아버지를 알고 있다. 그럼 내 모든 것을 알고 있다는 말이 된다. 이자들, 정말 무서운 자들이 아닌가?'

마음속에 두려움이 짙어진다. 이자들은 단지 자신이 구천맹의 간자라는 사실을 넘어 그의 태생까지 알고 있는 것이다. 어

떻게 자신의 내력이 이렇게 적나라하게 노출되었는지 이해할
수 없었다.

'오직 오죽노나 무명도의 관주들만이 알 수 있는 일인
데……'

궁비영이 새삼스런 눈으로 백의 문사를 바라보았다. 초점
없는 눈빛 속에 검고 깊은 심연이 담겨 있다. 속내를 알 수 없
는 자다. 정사의 구분은 물론 적의와 선의 또한 구분하기 힘들
다.

"당신들은 누군가?"

궁비영이 물었다.

"뭐라고 하던가?"

백의 문사가 되물었다.

"유령… 유령문이라고 하더군. 마천의 한 갈래이고."

"반만 맞았네. 유령문에 속한 것은 맞고 마천의 일문은 아니
지."

"하면 왜……?"

궁비영이 되물었다. 마천의 일문이 아니면서 구천맹과 적대
하는 이유를 알 수 없었다.

"복수!"

백의 문사가 짧게 대답했다. 그 순간 궁비영은 자신이 지금
까지 경험한 그 어떤 살기보다도 강렬한 살기가 백의 문사의
눈에서 흘러나오는 것을 보았다. 그 강렬함에 궁비영의 오금
이 저릴 정도이다.

"…무엇에 대한? 누구에게……?"

궁비영이 어렵게 입을 열어 물었다.

"맹약을 배신한 자들에게 형제들의 목숨에 대한 복수, 그리고 무엇보다 간교한 혀에 대한 복수네."

"구천맹을 두고 하는 말인가?"

"누가 있겠는가?"

"무슨 일이 있었던 것이오?"

궁비영의 말투가 변했다. 이들에게는 필시 깊은 사연이 있다. 허언을 할 인물이 아니다. 자신을 살려둔 것에도 필시 그 이유가 있을 것이다. 죽이려면 손가락 한 번 까딱하는 것으로 이미 죽었을 목숨이다.

두려움이 사라지고 호기심이 일어났다. 그러자 백의 문사가 궁비영의 맞은편에 앉더니 차분하게 말했다.

"모든 이야기를 오늘 할 수는 없네. 하지만 한 가지 사실은 확실하네. 우리 유령문은 결코 사악한 집단이 아니네. 마천도 온전히 사악하지는 않지. 그러나 마천은 강호에 독존군림하려는 야망을 가진 집단이고, 그 야망을 위해 수단과 방법을 가리지 않는다네. 그게 본 문과 마천이 다른 점이네."

"그럼 당신들은 무엇을 위해 싸우는 거요?"

"말했지 않은가? 복수!"

백의 문사가 대답했다.

"그전에는 무엇을 위해 싸웠소?"

궁비영이 다시 물었다. 그러자 백의 문사가 잠시 생각에 잠겼다가 대답했다.

"자존!"

그러자 궁비영의 눈빛이 반짝였다.

"그 말은 유령문이 과거 어떤 세력에 속해 있었다는 말이구려."

"그렇다네. 그런 면에서 보자면 구천맹의 말이 아주 틀린 것은 아니지. 애초에 유령문은 마천과 인연을 맺고 있었네. 물론 그렇다고 마천에서 시작된 문파는 아니네."

"마천을 배신한 것이오?"

궁비영이 묻자 백의 문사가 고개를 젓는다.

"먼저 배신한 쪽은 마천이지. 그들은 유령문의 자존을 차일피일 미뤘어. 그뿐인가, 자신들의 영원한 수족으로 만들려고 했지. 그래서 그들이 몰락한 것이네."

"마천이 구천맹이 아니라 유령문에 의해 멸망했다고 말하는 것 같구려?"

"틀리지 않네. 구천맹은 자신들만의 힘으로는 절대 마천을 이기지 못했을 것이네."

"그 말은… 한때는 유령문과 구천맹이 손을 잡았다는 뜻이오?"

"바로 그러하네. 그리고 마천과 마찬가지로 구천맹 역시 유령문을 배신했지. 이번에는 전혀 다른 이유로."

"무슨 이유로 구천맹이 유령문을 배신한 거요?"

궁비영이 물었다.

"두려움 때문에."

"두려움?"

"그렇다네. 그들은 마천과의 싸움이 끝나자 유령문을 두려워하기 시작했네. 자신들의 힘만으로는 이겨낼 수 없는 마천을 유령문의 도움으로 물리쳤으니 자연히 두려움이 생길밖에."

백의 문사의 말에 궁비영이 고개를 갸웃하며 물었다.

"그러나 내가 알기로 마천은 구천맹의 흑성들이……."

말을 하다 말고 갑자기 궁비영이 입을 다물었다. 자신도 모르게 흑성의 존재를 입에 올리고 만 것이다.

"걱정할 것 없네. 흑성에 대해선 자네보다 내가 더 잘 알고 있으니까."

백의 문사 입에서 뜻밖의 말이 흘러나온다. 하긴 그가 무명도에서 흑성의 수련을 지켜보았다면 그럴 수도 있었다.

"마천을 물리친 것은 흑성의 힘으로 알고 있소."

궁비영이 하지 못한 말을 마저 했다. 그러자 백의 문사가 고개를 끄떡였다.

"그 말도 틀리지는 않네. 확실히 흑성야와 월곡투를 주도한 것은 흑성이지."

"그런데 왜 그대들이 마천을 물리쳤다고 하는 것이오?"

그러자 백의 문사가 두어 걸음 다가와 궁비영과 시선을 맞추며 말했다.

"왜냐하면 흑성을 만들어낸 것이 바로 우리 유령문이니까."

얼마의 시간이 흘렀는지 알 수 없었다. 기력이 상하니 밖의 시간을 느낄 수도 없었다. 아니, 그것보다는 백의 문사의 이야기에 빠져들었기에 시간의 흐름을 느낄 수 없었는지도 모른다.

백의 문사의 말에 따르면 마천을 떠난 유령문은 구천맹과 손을 잡았고, 구천맹은 유령문의 무공들을 빌려 흑성을 길러 냈다고 한다.

궁비영이 수련한 월천보와 천환, 그리고 암기술 화우는 모두 유령문에서 나온 무공이라는 것이다. 백의 문사가 언급하지 않은 무공은 오직 무화공뿐이었다.

물론 궁비영은 그의 말을 모두 믿을 수는 없었다. 그러나 결국에는 백의 문사의 말에 수긍할 수밖에 없었는데, 그 이유는 간단했다. 백의 문사 입에서 그 무공들의 진정한 정수(精髓), 궁비영이 알고 있는 것보다 훨씬 신비로운 이치들이 흘러나왔기 때문이다.

'제길!'

궁비영이 속으로 욕설을 내뱉었다. 자신의 인생이 알 수 없는 격랑으로 빠져드는 느낌이다.

"그렇다 치고, 왜 내게 이런 이야기를 하는 것이오? 설마 내게 구천맹은 신의가 없는 집단이니 당신들 편에 서라는 말을 하고 싶은 거요?"

궁비영이 물었다.

"아니. 우리 편에 서라는 말은 아닐세. 단지… 조심하라는 말을 하고 싶었어. 우린 또다시 친구들을 잃고 싶지 않네."

"친구? 내가 그대의 친구란 말이오?"

"유령의 무공을 수련했으니 남이라고도 할 수 없지."

백의 문사가 말했다. 궁비영이 그런 백의 문사를 묘하게 바라본다. 적의가 느껴지지 않으니 그의 말이 거짓은 아닌 듯도 보였다. 혹은 자신의 속마음을 완벽하게 감출 수 있는 자이거나.

"구천맹이 우릴 배신할 거라 확신하시오?"

"다른 사람은 몰라도 자네는 분명히 배신당할 걸세."

백의 문사가 확신했다.

"이유가 뭐요?"

"그건… 자네가 그의 아들이기 때문이지."

순간 궁비영은 머리에 벼락을 맞은 것처럼 정신이 흔들렸다.

"아버지의 아들이라는 것이 내가 배신당할 이유란 말이오?"

"그러하네."

"대체 그 이유가 뭐요?"

궁비영이 다시 물었다. 그러자 백의 문사가 우울한 표정으로 대답했다.

"운이 나쁘게도 그는 우리의 세계에 너무 깊이 들어왔었지. 그는 우릴 친구로 대했고, 우리도 그를 친구로 대했네. 그리하여 그는 우리가 구천맹의 배신에 멸족하는 것을 두고 볼 수 없었지."

"아버지가 그대들을 도왔다는 것이오?"

"그로 인해 우리가 여전히 세상에 존재할 수 있는 것일세."

"음!"

궁비영은 너무나 뜻밖의 말에 놀라 신음을 흘렸다.

아버지가 유령문을 도왔다. 물론 아버지의 성정을 생각하면 이해할 수도 있는 일이다. 그런데 그 모든 것이 사실이라면 아버지의 죽음은 전혀 다른 의미를 갖게 된다.

"아버지의 죽음에 대해서도 알고 계시오?"

"구천맹은 마곡산에서 유령문만 공격한 것이 아니네."

"마곡산?"

궁비영이 되물었다. 여러 번 들은 지명이지만 그곳에서 어떤 일이 있었는지는 정확히 모르는 궁비영이다.

"마곡산은 유령문의 본거지이던 곳이네. 세상에서 벗어나 우리만의 세상을 만들러 했던 곳이시. 구천맹은 그 마곡산을 공격해 모든 터전을 불살라 버렸네. 자네 아버지의 마지막도 역시 그곳에서……."

"그러나 아버지는 곤륜에서 마천의 잔당인 야유사군에게……."

"령주께선 절대 자네 아버지를 해하지 않았네."

"야유사군이 그대들의 주군이오?"

"그러하네. 또한 나이를 떠나 자네 아버지의 절친한 친구셨지. 구천맹은 그 사실 또한 용납할 수 없었을 것이네."

"……."

궁비영은 할 말을 잃었다. 뭔가를 더 생각하기에는 너무나 혼란스러웠다. 그러자 백의 문사가 다시 입을 열었다.

"진실은 언제나 독하게 아픈 것이지. 당시 구천맹에 배신당한 흑성은 궁 대협만이 아니네. 제법 많은 숫자의 흑성이 죽었지."

"믿을 수 없소."

궁비영이 절망한 듯 중얼거렸다.

흑성은 외인이 아닌 구천맹도들의 가족이자 친구다. 그리고 맹을 위해 마천과 목숨을 내던지며 싸운 사람들이다. 그런데 왜 구천맹이 그들을 배신한단 말인가.

"말했지만 그들은 유령의 후예들을 두려워하네. 그래서 유령의 무공을 수련하고 유령의 친구가 된 사람들을 그냥 놓아둘 수 없었던 거네."

"그런데 오직 당신의 말뿐이구려."

궁비영이 정곡을 찔렀다. 단 한 사람, 그것도 자신과 동료들에게 독을 쓴 자의 말만 믿고 세상일을 재단할 수는 없는 일이다.

"믿으라고 강요하지는 않겠네. 단지 조심하라고 말해주고 싶을 뿐이야. 이제… 본 문은 좀 더 강하게 구천맹을 공격할 것이네. 구천맹은 유령의 공포에 밤에도 잠을 자지 못하겠지. 구천맹 역시 모든 것을 동원해 본 문을 상대할 걸세. 그리되면 희생이 따를 것이고, 그 희생의 가장 앞 선에 흑성들이 있을 것이네. 부디… 구천맹, 아니, 오죽노를 위해 목숨을 거는 짓 따위는 하지 말게나. 그 말을 하고 싶었을 뿐이네."

백의 문사가 간곡한 표정으로 말했다. 그럼에도 불구하고 궁비영은 무엇인가 부족함을 느꼈다. 약간의 갈증 같은 것이었는데, 그건 아마도 백의 문사가 모든 것을 털어놓지 않은 것 같은 느낌을 받았기 때문일 터였다.

"할 말이 더 있지 않소?"

궁비영이 물었다.

"물론 더 있네. 하지만 나중에 하겠네. 그대에게 우리에 대한 신뢰가 생겼을 때 말일세. 지금은 너무 위험해. 그대에게나 우리에게나."

"그러니 더 궁금해지는구려."

그러자 백의 문사가 잠시 생각에 잠겼다가 입을 열었다.

"한 가지 사실은 더 말해줄 수 있겠군."

"무엇이오?"

궁비영이 물었다.

"맹이 그대의 아버지를 배신했다는 증거가 될 수 있는 것이니까 말해주겠네. 혈맹록을 알고 있을 것이네."

백의 문사의 말에 궁비영이 고개를 끄떡인다.

"물론."

"그곳에 약속된 일은 반드시 지켜져야 하는 것으로 알고 있네."

"그렇소."

"그런데 자네 아버지의 약속은 지켜지지 않았네."

"제룡가의 사대외가 따위 관심 없소."

그러자 백의 문사가 고개를 저었다.

"중요한 것은 약속이 지켜지지 않았다는 것이네. 그 약속이 무엇인가는 중요치 않지. 구천맹은 자네 부친과의 약속을 지키지 않았어. 이것이 그들이 자네 아버지를 배신했다는 또 하나의 증거이네."

"……"

궁비영은 쉽게 대답하지 못했다. 그 또한 처음부터 그 일에 대해 의문을 가지고 있었기 때문이다. 그런데 백의 문사에게서 전혀 뜻밖의 말이 흘러나왔다.

"그리고 이제 보니 자넨 뭘 잘못 알고 있군."

"무엇을 말이오?"

"자네 부친께서 원한 것은 궁가가 제룡가의 사대외가로 복귀하는 것이 아니었네."

순간 궁비영의 눈이 커졌다. 일생을 그 염원으로 살아온 아버지이다. 그런데 혈맹록에 요구한 것이 그것이 아니라니 그럼 아버지가 원한 것이 무엇이었단 말인가.

"그럼 뭘 원하셨소?"

"궁 대협이 지나가는 말처럼 한 말을 난 아직도 기억하네. 그가 원한 것은 제룡가의 사대외가가 되는 것이 아니라 궁가가 자유로워지는 것이었네."

"궁가의 독립을 원하셨단 말이오?"

"그렇다네. 궁 대협은 마천을 물리치고 흑성의 일이 끝나면 궁가의 가솔을 이끌고 제룡가를 떠나 우리 유령문처럼 한적한 산골에 터를 잡아 궁가를 이어가려 했네."

"그, 그런……?"

믿을 수 없는 이야기였다. 궁가의 독립이라니. 궁도요의 인생에는 오직 제룡가 사대외가에 대한 꿈만이 존재하는 줄 알고 있는 궁비영이다.

그러고 보니 문득 아버지가 마지막 출도 전에 한 말이 생각났다. 당시 궁도요는 그 출도가 끝나면 원하는 것을 이룰 수 있다고 했다. 그리고 그 일은 궁비영에게도 좋은 일이라고 했다.

'내가 제룡가의 외가로 사는 것을 좋아하지 않는 것을 알고 계셨으니 사대외가가 되는 일이 내게도 좋은 일이라고 말하셨을 리가 없어. 아! 당시 왜 그 말을 흘려들었을까.'

후회가 밀려든다. 당시 아버지와 좀 더 많은 이야기를 해야 했다. 아버지가 원하는 것이 진정으로 무엇이었는지 알았다면 북산에서 궁비영의 삶은 크게 변했을 것이다.

"자네 부친이 우리와 가까워진 이유 중에는 그것도 있었지. 유령문은 그 일을 먼저 경험한 문파이기에 일맥상통하는 면이 있었네. 물론 유령문과 자네의 궁가는 다른 면이 많지만."

"그 모든 것이 사실일지라도 나로서는……."

"알고 있네. 지금부터라도 조금씩 스스로 알아가 보게. 단지 항상 주변을 조심하게. 구천맹은 언제라도 자네를 버릴 수 있어. 그리고 오늘의 일은 철저히 비밀로 해야 하네. 자네의 동료 두 사람에게도 마찬가지일세. 그들은 그저 자신이 술에 취했다 깨어난 줄로 알 걸세."

"그들조차도 믿지 말라는 것이오?"

궁비영이 반발하듯 말했다. 중광이라면 자신의 속내를 모두 드러내도 좋을 친구이다.

"사람을 믿지 말라는 말은 아니네. 다만 사람의 입을 믿지 말라는 것이지. 아무튼 우리의 다섯 번째 만남도 여기서 끝내야겠군."

"이번이 네 번째 아니오?"

흑성 사관의 수련처에서, 신산에서, 그리고 죽성촌과 오늘, 궁비영이 백의 문사를 만난 것은 이렇게 네 번이다.

"한 번이 더 있네."

백의 문사의 말에 궁비영이 고개를 갸웃했다. 아무리 기억해 보려 해도 네 번 말고는 기억에 없었다.

"언제였소?"

"흑성이 되기 위해 여행할 때 동해의 포구에서 제룡가 후기 지수들이 비무를 한 적이 있지 않은가?"

순간 궁비영의 눈이 커졌다.

"그럼 그때의 그 복면인?"

"맞네."

그러자 궁비영의 표정이 굳어졌다.

"그때 당신은 날 공격했소!"

"그건 오해일세."

"당신은 그때 분명 독으로 날 공격했소."

"그건 독이 아니라 약이었네."

"그게 무슨 소리요? 난 그때 며칠 동안 정신을 잃고 있었소!"

궁비영이 차갑게 추궁했다.

"하지만 그 덕에 보름이면 찾아오던 고통에서 벗어나지 않았는가?"

"그걸 어떻게……?"

"자네가 생각하는 것보다 자네 부친과 령주님의 관계는 훨씬 돈독했네. 자네 부친의 무공은 령주님을 만나고 나서 상전벽해라고 할 정도로 진보했지. 그건 령주께서 자네 부친께 유령문의 심법 요체를 전수했기 때문인데, 자네 부친은 그걸 궁가의 가전심법에 섞어 자네에게 전수했네."

"음……."

궁비영이 나직하게 침음성을 흘린다. 백의 문사가 말한 것이 놀랍기도 하거니와 그의 말을 통해 아버지 궁도요가 정말 유령문과 밀접한 관계였다는 것을 깨달았기 때문이다.

"본 문의 심법은 무척 특별하지. 여타의 심법과는 전혀 다른 형태의 심법이네. 심법의 효능은 아마도 무공을 수련하는 동안 몸으로 느꼈을 것이네."

고개가 끄떡여지지 않을 수 없었다.

언제부턴가 중광에게조차 숨기고 있던 것이 있다. 급격히 늘어나기 시작한 공력, 그리고 다른 사람과 달리 어려움 없이 받아들일 수 있던 흑성의 무공들, 그런 것들의 의문이 백의 문사를 통해 풀리고 있었다.

"하지만 본 문의 신공에는 특이한 점이 있네. 아주 극소수의 사람에게만 나타나는 단점이기는 하지만… 본 문의 무공을 수련한 사람 중 아주 드물게 본래 이상의 뛰어난 성과를 보이는 대신 사람의 몸이 감당하기 힘든 고통이 뒤따르는 경우가 있네. 그 고통을 그대로 놓아두면 결국 심맥이 터져 죽음에 이르고 말지."

"그래서……."

궁비영이 고개를 끄떡였다.

"맞네. 우린 자네를 줄곧 살피고 있었네. 령주님의 명이셨지. 자네에게 그런 현상이 나타난다는 것을 알고 있었거든. 그래서 자네가 흑성의 수련을 위해 비천곡으로 간다는 사실을 알았을 때 우린 조급하지 않을 수 없었네. 그대로 비천곡에 보냈다가는 일 년이 지나지 않아 심맥이 터져 죽을 테니까."

"그럼 그때 비무 장소에 나타난 이유가……?"

"맞네. 자네를 끌어내기 위함이었지. 제룡가 후기지수들이 배를 타고 이동하는 통에 자넬 따로 만날 기회를 만들기 어려웠어. 특히 자네 곁에는 언제나 중광이라는 친구가 있더군. 더군다나 그날이 지나면 바다로 나갈 테니 그때가 아니면 더 이상 기회가 없었네."

백의 문사의 말을 들으며 궁비영은 자신도 모르는 사이에 백의 문사와 그가 속한 유령문이라는 곳에 대해 점점 마음이 기울어지고 있었다. 그들은 마치 오래전부터 그가 알고 있는 사람, 그리고 그를 지켜주고 있는 사람처럼 느껴졌다.

그런 궁비영의 변화를 알아챘을까. 백의 문사가 한결 부드러운 표정으로 말했다.

"당장은 모든 것이 혼란스럽겠지. 본래 혼란을 잠재우기 위해서는 기다림이 필요하니까. 자네 역시 그 시간이 필요할 거네."

"그렇겠구려."

궁비영이 고개를 끄떡였다.

"말했지만 내가 자네를 이렇게 따로 보려 한 것은 강호가 심상찮게 돌아가기 때문일세. 우리 유령문과 구천맹의 문제뿐 아니라 마천도 재기를 위한 준비를 거의 마친 것으로 알고 있네."

"마천도 말이오?"

"그렇다네. 마천은 천변 전에는, 음, 그들은 자신들이 구천맹에 패망한 싸움을 천변이라 부르네. 그 천변 전에는 마천사십구마가 마천을 이끌었지. 하지만 천변으로 인해 수많은 마두가 죽고 지금은 여섯 명의 마인이 새로 권력을 잡아 그들을 이끌고 있네."

"예전에 비할 세력은 아니구려."

궁비영의 말에 백의 문사가 고개를 저으며 말했다.

"음, 마두의 숫자로 보면 그렇지. 그러나 그것이 오히려 마천을 더 무서운 세력으로 만들 수도 있네. 사실 과거의 마천은 사십구마 각자의 이해득실에 따라 힘을 한데 모으기에 어려움이 있었거든."

"난국이 그들을 하나로 뭉치게 했다는 것이오?"

"아직은 아니지만 곧 그렇게 될 걸세. 하면 외려 천변 이전보다 상대하기가 더 어렵겠지. 물론 그 일이 우리 유령문에 아주 나쁜 것은 아니네."

"어부지리를 노리겠다는 것이구려."

"마천과 구천맹, 이 두 무리는 사실 강호에 존재하기에는 너무 큰 세력이야. 어느 한쪽이 세상을 장악해도 천하는 그들의 독선으로 썩어가게 될 걸세."

"양패구상이 최선이란 말이오?"

"우리 입장에서는 그렇다네. 백가의 쟁명이 세상을 혼란스럽게 한다고는 해도 진시황의 독한 군림보다는 낮지 않았겠는가?"

"그야 사람에 따라 생각이 다를 것이고……."

궁비영의 말에 백의 문사가 고개를 끄떡였다.

"하긴 그도 그렇군. 자, 이제 가야 할 시간이네. 자네는 다시 한숨 깊게 자게 될 걸세. 그리고 깨어났을 때는 이 시간이 꿈처럼 느껴질 걸세. 그러나 자네 손에 이 물건이 있는 것을 보면 꿈이 아니란 걸 알게 되겠지."

백의 문사가 궁비영에게 작은 구슬 하나를 쥐어주었다. 구슬은 푸른빛이 돌기는 했으나 그렇다고 사람들의 눈을 현혹할

만큼 귀해 보이지는 않았다.

"이것이 무엇이오?"

"본 문의 친구임을 증명하는 물건일세. 위급한 순간 진기를 주입하면 푸른빛이 솟구치지. 그러니 조심해서 다루게. 만약 자네가 청령주의 빛을 밝힌다면 본 문의 형제들이 자네를 도우러 갈 걸세. 물론 가까이 있다면 말이야."

"지나치게 귀한 선물이구려."

"말했듯이 자네가 생각하는 것보다 자네의 부친과 령주님의 관계는 훨씬 깊다네. 그럼 편히 쉬게."

백의 문사가 한순간 궁비영의 눈앞에서 사라졌다. 그리고 다음 순간 궁비영은 다시 정신을 잃고 그 자리에 쓰러졌다.

궁비영이 깨어났을 때 중광과 당목은 벌써 일어나 분주히 떠날 준비를 하고 있었다.

"야, 무슨 잠을 그렇게 깊이 자냐? 깨우기 미안하게."

중광이 궁비영의 눈앞에 얼굴을 들이밀며 말했다.

"음, 얼마나 됐지?"

"일어나. 해 뜨기 직전이야. 새벽에 떠나기로 했잖아."

중광이 말했다. 그러자 궁비영이 훌쩍 침상에서 몸을 일으켰다. 순간 그의 손에서 이물질이 느껴졌다. 궁비영이 가만히 손을 펴보니 푸른빛이 도는 투박한 구슬이 들려 있다.

'꿈이 아니었어.'

궁비영이 자신도 모르게 손에 쥔 구슬을 힘주어 잡았다. 그러다가 문득 백의 문사의 경고를 떠올리고는 손에 힘을 풀었다. 진기를 주입하면 푸른빛이 솟구칠 것이다.

"별일 없었지?"

궁비영이 중광을 보며 물었다.

"아침부터 별일 있을 것이 뭐 있냐? 그러나 오래 머물다가는 별일을 당할 수 있으니 어서 떠나자고."

중광이 짐을 둘러메며 말했다. 그리고는 짐 꾸러미 하나를 발로 툭 차서 궁비영 발아래 밀어놓는다. 궁비영의 짐을 자신이 챙긴 모양이다.

"기특한 놈."

궁비영이 보따리를 둘러메며 말했다.

"준비됐수?"

중광이 이번에는 당목에게 물었다.

"끝났소."

당목이 대답했다.

"좋아, 그럼 이 호랑이 굴에서 탈출합시다!"

중광이 걸걸하게 말하고는 먼저 문을 열고 나갔다.

두두두!

세 필의 말이 구화방을 떠나갔다. 두 명의 사내와 한 명의 여인이 타고 있는 말이었다.

말이 구화방 장원을 떠날 때 높이 솟은 장원의 정자 한곳에서 담 너머로 멀어지는 궁비영 등을 바라보고 있는 사람들이 있었다. 그중 한 명은 지난밤 궁비영이 꿈결처럼 만났던 백의 문사이다.

"이대로 보내는 겁니까?"

구화방의 삼총관 구백이 백의 문사에게 물었다.

"지금으로썬 어쩔 수 없는 일 아니오?"

백의 문사가 대답했다.

"그에게… 그분에 대한 이야기를 왜 하지 않으신 겁니까?"

구백이 다시 물었다.

"그럼 모든 일이 어그러지겠지."

"그를 이용할 생각이시군요."

구백의 표정이 어두워졌다. 그러자 백의 문사가 살짝 아미를 모으며 말했다.

"구천맹과의 싸움은 결코 쉬운 일이 아니오."

"물론 알고는 있습니다만…….."

"그가 자신의 부친이 생존해 있다는 것을 알게 된다면 절대 흑성으로 살아가지 않을 거요. 당장 모든 위험을 감수하고 구천맹을 떠나 아버지를 만나러 갈 것이오. 그렇게 되면 그도 위험하고 우리도 위험하오."

"그렇기는 하지요. 오죽노는 보통 사람이 아니니 필시 그를 통해 만화도를 찾아낼 테니까요."

"일단은 궁 대협의 마음이 회복되는 것이 먼저요. 가장 좋은 것은 궁 대협이 직접 아들을 찾아오는 것이지."

"후! 그 일이 쉽겠습니까?"

"방법이 있소."

백의 문사가 말했다.

"어떻게 말입니까?"

구백이 놀란 눈으로 백의 문사에게 물었다. 놀란 기색이 역력하다.

"그에게 부친의 소식을 전하지는 못하지만 아버지에게 아들의 소식은 전할 수 있소."

"그런……?"

"자신의 아들이 흑성이 되었다는 것을 안다면 궁 대협은 결국 다시 검을 잡을 것이오. 우린 결국 둘 모두를 얻게 될 것이고, 구천맹은 무척 위험한 적 둘을 갖게 되겠지."

"그렇기는 하군요. 하지만……."

"그는 속임수가 통하지 않는 사람이오. 그의 진심을 움직여야 하오."

"하지만 그 일은 령주님도 하지 못한 일입니다."

"그러나 이제는 다르오. 그의 아들이 있으니. 음, 그런데 이해할 수 없는 일이 있어."

"무엇이 말입니까?"

"령주께선 왜 그의 몸이 회복되었을 때 그에게 그의 아들이 흑성이 되었다는 것을 말하지 않았을까. 그랬다면 그는 훨씬 일찍 세상에 나왔을 텐데."

"나도 그 점이 의문입니다."

"후, 령주께서 하시는 일은 항상 그 진의를 알기 어렵지. 분명 무슨 뜻이 있을 것이오."

"그렇겠지요."

삼총관 구백이 고개를 끄떡인다. 그러자 백의 문사가 장원을 돌아보며 말했다.

"아쉬운 일이오. 이런 곳을 포기해야 한다는 것은."

"껍데기만 남을 겁니다."

"그렇기는 하지만 아까운 장원 아니오?"

"어쩔 수 없는 일이지요. 저들을 돌려보낸 이상 구화방을 그대로 유지할 수는 없는 일이지요. 더군다나 저들은 서왕님의 존재를 알고 있지 않습니까?"

구백의 말에 백의 문사가 고개를 끄떡이며 대답했다.

"적어도 나의 존재는 그들에게 알려지겠지. 아무튼 열흘 안에 구화방을 정리하시오."

"알겠습니다. 마침 적당한 자들이 나타났습니다."

"어떤 자들이 말이오?"

"어제 마천에서 사람을 보냈더군요."

"마천에서 말이오?"

"마천 육마 중 적월이었습니다. 그자들이 구화방과 인연을 맺기를 원하더군요."

"좋군."

총관 구백이 서왕이라 부른 백의 문사가 고개를 끄떡인다.

"그들에게 구화방과 사천의 상권을 넘기면 우리로서야 일석이조이지요."

"마천은 아직 본 문과 구화방의 관계를 모를 테니 거래를 서두르시오."

"알겠습니다."

"어젯밤 그런 이야기를 나누었지. 본 문이 어부지리를 노리고 있다는 그 말이 바로 현실이 되는군. 결국 싸움은 이 사천에서 초반 판세가 결정되겠구만."

"양쪽 모두 큰 손실을 입게 될 것입니다."

"나쁘지 않아. 형제들에게 전하시오. 모든 활동을 접고 해산으로 물러나라고. 몇 명만 남겨 마천과 구천맹의 싸움을 지켜보도록 하시오."

"하면 구천맹에 대한 공격은 멈추는 겁니까?"

"그건 아니오. 단지 사천에서의 활동만 접는 거요. 구천맹은 거대한 세력이오. 사천에 힘을 집중할 여유를 주면 안 되오."

"그렇군요."

구백이 고개를 끄떡였다.

*   *   *

궁비영 등은 포구에서 배를 탔다.

청마표국에 맹의 수뇌가 여럿 나와 있지만 그곳으로 가는 것은 어리석은 일이었다. 그들의 존재는 마천과 유령문은 물론 구천맹의 맹도에게도 비밀이어야 하기 때문이다.

남쪽 포구에서 배를 탄 일행은 느리게 강을 내려가고 있었다. 낮이라 그런지 뒤를 따르는 자들은 없었다.

그렇게 하루가 지나고 밤이 되었을 때, 그들은 갑자기 배에서 내려 산길을 따라 다시 성도 부근의 작은 장원으로 향했다.

"누구요?"

장원 앞에 도달했을 때 어수룩해 보이는 문지기가 세 사람을 보며 물었다. 그러자 중광이 품속에서 금패를 꺼내 보였다.

"어서 오시오. 오죽노께서 기다리고 계시오."

문지기가 한순간에 당당한 중년 무사로 변해 세 사람을 맞아들였다. 세 사람은 잠시 뒤를 살핀 후 누가 볼세라 재빨리 장원으로 들어갔다.

오죽노 혜간은 홀로 앉아 술잔을 기울이고 있었다. 의외의 모습이다. 그가 술을 마실 거라고는 생각지 못한 궁비영이다. 오죽노를 만난 일이 그리 많지는 않지만 그때마다 오죽노는 궁비영에게 도검 같은 사람이었다. 어디 한 군데 빈틈이 보이지 않아 막막한 느낌이 드는 사람이던 그다.

그런데 그런 오죽노가 술을 마시고 있으니 뜻밖의 일이 아닐 수 없었다.

"어서들 오게!"

오죽노가 앉은 채로 세 사람을 맞았다.

"어르신을 뵙습니다."

"음, 고생들 했네. 이리들 앉게."

오죽노가 세 사람에게 자리를 권했다. 궁비영 등이 잠시 망설이다 오죽노의 맞은편에 자리를 잡고 앉았다.

"그래, 그를 보았단 말이지?"

세 사람이 자리에 앉자 오죽노가 물었다. 여전히 손에는 술잔이 들려 있다.

"그렇습니다."

백의 문사를 말함이라 생각하고 궁비영이 고개를 끄떡였다.

"확실하던가?"

"확실합니다."

"음, 그가 자네에게 다른 이야기는 하지 않던가?"

"죽성촌에서 물건을 내리는 동안 스치듯 보았기에 대화를 나눌 기회는 없었습니다."

"그렇지만 그 역시 자네를 알아봤을 거라 생각한 거군."

오죽노가 말했다.

"아무래도 위험하다고 느꼈습니다. 워낙 날카로운 자라……."

궁비영이 대답했다.

"잘 생각했네. 위험은 닥치기 전에 피해야 하는 법이지."

오죽노가 고개를 끄떡인다. 구화방에서 물러난 일에 대해서는 문제 삼지 않을 모양이다.

그때 문득 당목이 입을 열었다.

"구화방의 상선을 추적하는 일은 어찌 되었습니까?"

"그것이… 항주까지 내려가더군. 이후에는 바다로 나아갔는데 더 이상 추격을 하지 못했네."

"바다로요?"

당목이 뜻밖이라는 듯 되물었다.

"그렇다네. 그래서 나도 조금은 혼란스럽다네. 그들의 본거지가 설마 바다일까 해서 말이야. 아니면 추격자가 있는 것을 알고 일부러 바다로 나간 건지도 모르겠고."

오죽노가 고개를 갸웃한다.

"그들이 정말 마천의 무리입니까?"

갑자기 궁비영이 물었다.

"그게 무슨 소린가?"

"아무래도 이상해서 말입니다. 청마표국의 소국주와 함께 곤륜에서 만난 마천의 무리와 그 유령문의 마두들은 기도가 다르더군요. 더구나 같은 편이라고 하기에는 서로의 행보가 겹치는 경우가 많았습니다."

"음, 그리 느꼈나?"

오죽노가 조금 놀란 표정으로 궁비영에게 되물었다.

"그렇습니다. 마천의 마두들은 살기가 승하고 행동에 거침이 없었지요. 그런데 구화방에서 만난 자들은 달랐습니다. 음험한 느낌에 무척 조심스럽게 행동했지요."

"잘 보았네. 자네 눈이 역시 날카롭군."

오죽노가 순순히 궁비영의 말에 수긍했다.

"그럼 그들은 마천의 마두가 아닙니까?"

"한 숲에서 자란 다른 종의 나무랄까, 아니면 배신자들의 문파라고 해야 할까."

"누가 말입니까?"

이번에는 중광이 물었다.

"유령의 후예를 자처하는 자들 말일세. 그들은 마천이 강호를 공략하는 와중에 마천을 배신하고 떠난 자들일세."

"아!"

중광이 나직하게 탄성을 흘린다.

"사실 솔직히 말하자면 마천을 물리치는 데는 그들의 분열이 큰 도움이 되었지. 하지만 결국 그들은 한 뿌리네. 마천을 멸할 때 그들 역시 몰락시켰다고 생각했는데……."

오죽노의 얼굴에 씁쓸한 기운이 감돈다. 패배자의 표정이다. 아마도 유령문이 건재한 것이 그를 불쾌하게 만드는 모양이었다.

"구화방은 어찌하시려는지요?"

당목이 물었다. 그러자 오죽노가 대답했다.

"함부로 건들 수는 없지. 누가 뭐래도 그들은 상계의 가문이니까. 뒤에 누가 있든지 상관없이 말이네. 일단 당분간은 두고 볼 걸세. 그보다 자네들이 할 일이 있네."

제2장
무량보

뜬금없는 명이었다. 유령문의 유령사들이 구천맹의 수뇌를 노리고 있고, 천하 각지에서 마천의 잔당이 준동하고 있는 시기이다. 그린네 애써 키운 흑성, 그것도 금패의 흑성에게 도둑이나 잡게 하다니.

"제길! 이러려고 흑성이 된 것은 아닌데 말이야."

중광이 산길을 걸으며 투덜거렸다.

"중요한 인물이라잖아."

"흥, 그래봐야 일개 도둑일 뿐이야."

"글쎄, 천수와 토귀가 일개 도둑일 뿐일까? 천하이도란 별호가 괜히 생긴 것은 아닐걸."

궁비영이 대꾸했다.

"물론 그자들의 재주가 뛰어난 것은 알아. 하지만 그렇다고 도둑이 아닌 것은 아니지."

"마천의 시대에 그들이 마천의 전설적인 마두 풍우생의 목을 벤 것은 어떻게 생각하냐?"

"그야 뭐… 기습한 것이겠지. 더군다나 둘이 함께 움직였으니까."

중광이 떨떠름한 표정으로 대답했다.

"아무리 그래도 풍우생은 풍우생이다. 그의 오귀도에 당한 구천맹의 고수가 한둘이냐? 그런데도 정파에선 아무도 그를 잡지 못했지. 그런 자들을 천하이도가 베었어. 그 일로 두 사람이 천하이도라 불리게 된 것이고 말이야."

"덕분에 도둑치고는 제법 거창한 명성을 얻었지. 구천맹에서도 그들의 행보에 크게 관여치 않을 정도로 말이야. 도둑이 팔자 폈지."

중광은 여전히 못마땅한 표정이다.

"이상한 것은 왜 지금에 와서 그들을 데려오라는 명을 내린 것이냐는 거지."

"그러게 말이야. 더군다나 꼭 살려서 데려와야 한다잖아. 물론 팔다리 하나쯤은 잘라도 상관없다지만. 그건 곧 그들이 필요하단 의미인데……."

"그들의 재주가 필요한 거겠지."

"그게 그거지, 뭐."

중광이 어깨를 으쓱거린다.

"쉬운 일은 아니야."

궁비영이 말했다.

"당연하지. 세상에서 가장 뛰어난 도둑들인데. 하지만 뭐, 그들이 정말 용두사에 나타난다면……."

오죽노가 두 사람에게 내린 새로운 명은 천하이도라 불리는 두 명의 도둑을 데려오라는 일이었다.

천하이도는 토귀와 천수로 불리는 두 도둑을 일컫는 말로 마천의 시대 이전부터 명성이 자자한 도둑들이다.

그러나 그들이 천하이도라는 거창한 별호를 얻게 된 것은 최근의 일이다. 마천의 절대마두 중 한 명인 풍우생을 제거하면서 세상 사람들이 그들을 천하이도라 부르기 시작한 것이다.

물론 천하이도가 처음부터 풍우생을 죽이려 한 것은 아니었다는 말도 있다. 두 사람은 풍우생으로부터 전설의 비도라 일컬어지는 오귀도를 훔쳐 내려나가 운 좋게 그를 죽였다는 것이다.

어쨌거나 그 일로 두 사람은 마천의 생사대적이 되었지만 강호에선 도둑치고는 감히 기대할 수 없는 명성을 얻게 되었다.

그런데 그쯤 되면 마천이 몰락한 이후 구천맹에 몸을 의탁해 세상을 호령하며 살 수도 있었을 텐데, 그들은 마천의 몰락 이후에도 여전히 천하를 떠돌며 도둑질을 하고 있었다.

"당 여협은 어디로 간 걸까?"

"알 수 없지."

궁비영이 무뚝뚝하게 대답했다. 조금 화가 난 듯 보이기도 했다. 그러자 중광이 실실 웃으며 물었다.

"너 화났구나?"

"화는 무슨!"

"흐흐, 아닌데? 분명 화가 났어. 당 여협이 말도 없이 사라져 버려서 서운한 거냐?"

"미친놈!"

궁비영이 욕설을 내뱉고는 횅하니 앞서 걸음을 옮겼다. 그러자 중광이 갑자기 정색하며 중얼거렸다.

"저놈 봐라? 정말 그녀에게 마음이 있는 건가? 그건 위험한 일인데……."

산봉우리 두 개가 교묘하게 작은 길을 내주며 서 있다. 그 사이로 마차는 다니기 힘들고 말과 사람만이 이동할 수 있는 좁은 길이 나 있었는데, 가파르기가 절벽 같아서 보는 것만으로도 아득한 느낌이 드는 산길이다.

"제길, 길깨나 험하네."

중광이 봉우리 사이로 난 길을 바라보며 중얼거렸다.

"어서 가자. 곧 어두워지겠어."

"그러자고. 오늘은 절 밥 한번 먹어보자고."

중광이 고개를 끄덕이며 길을 재촉했다.

위험한 산길을 두 사람이 나는 듯이 이동했다. 그러자 보통

사람이면 두어 시진 걸릴 길이 채 반 시진도 걸리지 않아 끝이
났다.

"오, 놀라운데!"

산 정상에 오른 중광이 탄성을 자아냈다.

먼 산 너머로 노을이 지고 있었다. 그리고 노을 속에 고즈넉
한 사찰이 들어 있다.

절은 위태로운 절벽 위에 산을 등지고 지어져 있었다. 그렇
다고 사방이 삭막한 절벽은 아니었다. 남쪽으로는 가파르지만
무성한 숲이 펼쳐져 있어 보는 사람의 마음을 푸근하게 만들
었다.

"길이 험해도 와볼 만한 곳이네."

중광이 다시 입을 열었다.

"그렇지?"

궁비영도 꼭 흑성의 임무가 아니라도 한 번은 와볼 만한 곳
이란 생각이 들었다.

"가자. 그런데 그럴듯해 보이지?"

중광이 두 팔을 들어 보이며 물었다.

"그래. 영락없이 부잣집에서 태어나 팔자 좋게 절 구경 다니
는 공자님처럼 보인다."

"흐흐흐, 내가 차려입으면 제법 귀티가 나지."

중광이 실실거리며 절을 향해 걸어가기 시작했다.

산중 절간에서 방 하나 얻는 것은 그리 어려운 일이 아니다.

중도 먹고는 살아야 하니 이렇게 여행 중인 사람들에게 방을 내어주고 시주를 받는 일은 보통이다.

"절 밥이라 그런지 영…… . 에이, 성에 차지 않네."

사찰에서 내어주는 저녁 공양을 하고 방으로 돌아온 중광이 입맛을 다시며 투덜거린다.

"범상치가 않아."

"무슨 말이냐?"

갑작스런 궁비영의 말에 중광이 되물었다.

"주지 스님 말이야."

"그 양반이 왜? 난 사람 좋아 보이기만 하던데."

"고수야."

"응? 무공을 수련했다고?"

"그래."

"그런가? 난 그렇게 못 느꼈는데. 하지만 뭐 산중 절간에 무공을 아는 스님이 있는 것이 이상한 일은 아니지. 애초에 중원의 무공 중 절반은 불가에서 비롯된 거잖아?"

"그렇긴 한데, 보통 고수가 아니라는 말이지. 이런 산중에서 절간 주지나 하고 있을 사람은 아니야. 소림이라면 또 모를까."

"그렇게 대단해 보였냐? 난 모르겠던데."

중광이 고개를 갸웃한다.

"네놈은 먹는 데 정신이 팔려 있었으니까."

"흐흐, 하긴 난 먹을 땐 다른 생각 안 한다."

"아무튼 기이한 절간이야. 절 뒤쪽으로 가지 말라는 것도 그렇고."

"그거야. 그곳에 폐관 수련하는 스님들이 있으니 그런 거겠지. 너도 봤잖아. 절 뒤쪽 절벽에 토굴이 여럿 있는 걸 말이야."

중광의 말에 궁비영도 순순히 고개를 끄떡였다. 그러면서도 여전히 고개를 갸웃하며 중얼거렸다.

"도대체 이곳에서 뭘 훔친다는 거지?"

"그러게 말이다. 망할 늙은이는 알고 있는 것 같던데……."

"누구?"

"오죽노 말이야."

오죽노 혜간은 천하이도가 용두사로 올 거란 사실을 말해주면서도 그들이 왜 이곳에 오는지는 말해주지 않았다. 그러나 그가 천하이도가 이곳에 올 것을 알고 있다면 당연히 그들이 훔치려는 물건이 뭔지도 알고 있을 터였다.

"생각해 보니 이상한 일이야. 왜 말해주지 않은 걸까?"

궁비영도 의문을 드러냈다.

"젠장, 오기는 오는 건가?"

"그러게 말이다. 일단 준비는 하자고."

궁비영이 짐을 뒤적거리며 말했다. 그러자 중광도 자신의 짐을 뒤적여 검은색 옷을 꺼내 입었다.

목덜미에 머리에 쓰는 두건까지 달린 흑의를 입은 두 사람이 방 안의 불을 끄고 밤이 깊기를 기다렸다.

"젠장! 오기는 오는 거야?"

달이 기울고 있다. 밤이 깊어 새들도 잠들었는지 밤새 소리도 들리지 않는다.

궁비영과 중광은 절간 지붕에 올라앉아 건너편 대웅전을 바라보고 있었다. 흑의를 입어서인지 오직 눈빛만 드러나는 두 사람이다.

"기다려!"

궁비영이 차분하게 말했다.

"이러다 날 새겠다."

"네놈은 그 성미 때문에 언젠가 큰 곤욕을 치를 거다."

"악담을 해라, 악담을. 어?"

한순간 중광이 급히 자세를 낮췄다. 그러자 궁비영도 덩달아 자세를 낮추며 대웅전을 바라봤다. 순간 대웅전 지붕 위에 검은 연기가 모여드는 듯한 모습이 보였다.

"저거?"

중광이 눈을 크게 뜨며 놀란 표정을 드러냈다. 그사이 대웅전 위에 모여든 연기가 사람의 모습으로 변했다.

"대단하다."

중광이 중얼거렸다. 진심으로 감탄한 모습이다. 궁비영 역시 내심 크게 놀랐다. 대웅전 지붕에 나타난 자의 신법은 흑성 못지않았다. 아니, 어떤 면에서는 흑성보다도 더 신비한 면이 있었다.

"그런데 하나야."

궁비영이 입을 열었다.

"그러게 말이다. 분명 둘이 올 거라고 했는데……."

중광도 고개를 갸웃한다.

그런데 그때였다. 갑자기 대웅전 창문에 검은 그림자가 드리워지더니 한 명의 불청객이 창문을 열고 처마 밑으로 나왔다. 그러고는 서까래를 잡더니 훌쩍 지붕으로 날아오르는 것이다.

"제길, 이제 보니 벌써 대웅전에 들어갔던 것이군."

중광이 중얼거렸다.

"그렇다면 저자가 토귀겠군."

"그렇지? 아마도 대웅전 바닥을 통해 들어간 모양이다."

"어느새 굴을 파고 들어갔을까."

궁비영이 고개를 저었다.

"그런데 왜들 지러지? 물건을 훔쳐 냈으면 서눌러 도주해야 하는 것 아닌가?"

확실히 대웅전 지붕 위에 올라선 두 도둑의 행동은 이상했다. 도주를 서두는 자들 같지가 않았다. 둘은 선 채로 심각하게 무슨 이야긴가를 주고받았다. 그러다가 문득 고개를 돌려 북쪽의 석굴들을 바라봤다.

"저자들이 원하는 것을 얻지 못한 모양이군."

궁비영이 중얼거렸다.

"그런 모양이다. 대웅전에 없었나 봐."

"모양새로 보면 북쪽 금지로 들어갈 것 같은데……."

"도둑들이야 모든 곳이 금지이긴 하지."

중광이 대답했다.

"음, 그럼 곤란한데."

"뭐가? 우리도 가면 되잖아?"

"북쪽 금지는 분명히 지키는 사람이 있을 거야. 이 절 주지의 무공을 생각하면 뛰어난 무승들이 있을 수도 있고. 자칫하면 들킬 수가 있어."

"그렇긴 한데, 그렇다고 저들을 쫓지 않을 수도 없잖아?"

"제길, 나오는 길을 알면 좋은데……."

"저자들이 어디로 나올지 어떻게 알겠어. 어쩔 거야?"

중광이 궁비영의 결정을 재촉했다. 그러자 궁비영이 대답했다.

"어쩔 수 없지. 가자고."

"좋아."

중광이 대답하는 사이 어느새 궁비영의 신형이 먼저 지붕 위에서 사라졌다.

스산한 기운이 사방에서 몰려들었다. 사람 없는 절간이란 말은 이런 곳을 두고 하는 말일 것이다. 용두사 북쪽 금지에선 의외로 사람의 기운을 느낄 수 없었다.

그럼에도 어둠을 타고 움직이는 궁비영과 중광의 행보는 무척 조심스러웠다. 마치 살얼음 위를 걷는 듯 움직이는 두 사람은 그래서 완전히 어둠에 동화되어 있었다.

토귀와 천수의 움직임 역시 놀라웠다. 그들은 일개 도둑이라고는 생각하기 힘든 움직임으로 용두사 뒤편의 석굴들을 은밀히 살피고 있었다.

그런데 그렇게 용두사의 금지에 잠입한 네 사람을 당황시키는 일이 한순간에 일어났다.

"누가 청정한 도량을 어지럽히는가?"

문득 절벽의 석굴 중 한곳에서 호랑이 같은 소리가 들려왔다.

"젠장!"

앞서 가던 토귀의 입에서 낭패한 소리가 흘러나왔다.

"밤이슬이나 맞고 다니는 것을 보면 필시 도둑이렸다!"

다시 석굴 안에서 굵은 목소리가 들렸다. 그런데 기이하게도 그 목소리에서는 전혀 적의가 느껴지지 않는다. 오히려 즐거운 듯한 기운마저 느껴질 정도이다.

"두공 선사께서는 안에 계시오?"

문득 은밀히 움직이던 토귀가 신형을 드러내며 소리쳤다. 그러자 목소리가 들려오던 석굴에 불이 밝혀졌다.

"역시 그렇군. 토귀가 아니면 누가 날 찾아오겠는가?"

"뵈올 수 있겠소?"

토귀가 물었다.

"원하는 바가 무엇인가?"

"몰라서 묻는 거요?"

토귀가 되물었다.

"산중의 늙은 중이 땅 도둑이 원하는 물건을 어찌 알까?"

"흐흐흐, 이거 두공 선사께서는 더욱 능글맞아지셨구려. 주인 있는 물건을 가져가실 때보다도 더 말이오."

그러자 갑자기 석굴에서 산더미만 한 체구를 지닌 노승이 모습을 드러냈다.

"주인 있는 물건이라 하셨는가?"

"그렇소이다. 그 물건은 애초에 우리 것이었소."

"누가 그러던가, 무량보가 그대들의 것이라고?"

"본래 우리가 구천맹을 도와 마천과 싸울 때 오죽노가 우리에게 약속한 물건이었소."

"그러나 환마를 죽인 것은 본승이지."

거구의 승려가 말했다.

"그러나 당시 환마는 이미 나와 천수의 공격에 크게 원기가 상한 상태였소. 그러니 그를 죽인 것이 꼭 두공 선사시라 말할 수는 없소."

토귀가 고집을 부렸다.

"하하하! 그야말로 괴변이로다. 그렇게 따진다면 마천을 물리친 것 역시 구천맹이 아니라 그… 유령들일 텐데?"

"선사, 위험한 말을 하시는구려."

"후후후, 세상에 위험하지 않은 일이 어디 있겠는가? 그나저나 나도 묻고 싶군. 내가 이 용두사에 있다는 것은 어찌 아셨는가?"

노승 두공의 물음에 토귀가 고개를 저으며 말했다.

"그건 중요한 것이 아니오. 물건이 우리 것이라는 것이 중요한 것이지."

"음, 우린 서로 중요한 것이 다르군. 난 내가 은거한 곳을 어찌 알았는지 그게 더 중요한데."

"그걸 말해주면 무량보를 주겠소?"

"그리할 수는 없지."

노승 두공이 고개를 저었다.

"선사께서는 참 욕심이 많으시구려."

"그건 그대가 잘못 생각하는 것이야. 내가 무량보를 취한 것은 그 물건에 욕심이 나서가 아니네. 그 물건이 너무도 위험한 물건이기에 내가 보관하기로 한 거지. 이는 소림의 방장께서도 동의한 일이네."

"후후, 기보의 향배를 어찌 소림에서 결정한단 말이오. 소림이라고 오죽노의 약속을 뒤집을 수 있는 권한이 있소?"

그러자 노승 두공의 눈에서 한 줄기 한광이 흘러나온다.

"물론 나 역시 오죽노가 구천맹을 위해 한 일을 알고 있다. 그러나 그렇다고 그가 구천맹의 주인은 아니야. 구천맹은 구파의 것이니 그의 의견이 절대적인 것은 아니다."

"후후후, 이제 와서 그런 말을 하시다니 선사의 명성과는 어울리지 않소."

"중에게 세상의 명성이 무슨 소용인가! 말하라. 그대에게 내가 있는 곳을 알려준 자가 누구냐?"

"말할 수 없소."

"그래? 그럼 손을 쓸 수밖에!"

한순간 노승 두공의 신형이 허공으로 치솟았다. 거대한 그의 몸이 마치 전설에 나오는 붕새처럼 밤하늘을 덮었다. 그 기세에 숲이 한쪽으로 기울어지는 느낌이다.

"내가 땅이나 파고 산다고 너무 업신여기는구려."

토귀의 냉랭한 목소리가 들리는 순간 장내에서 그의 모습이 사라졌다. 그러나 노승 두공은 당황하지 않고 나무로 만든 선장을 들어 땅 한곳을 깊게 찔렀다.

퍽!

"이크!"

토귀의 목소리가 들렸으나 여전히 그의 모습은 보이지 않았다. 그러자 두공이 좌측으로 신형을 날리며 연달아 다섯 번 땅을 찍어댄다.

퍼퍼퍽!

두공의 선장이 한 자 이상 깊이 땅속을 파고들었다. 그러자 한순간 땅이 불쑥 일어났다.

"정말 날 너무 무시하는군!"

토귀의 목소리다.

촤아악!

허공으로 흩뿌려진 흙이 매서운 소리를 내며 두공을 덮쳤다. 그러자 두공이 어지럽게 선장을 휘둘렀다.

"역시 토귀! 놀라운 수법이야!"

흙을 쳐내는 두공의 목소리에는 여유가 있었다.

파파팟!

두공의 선장에 흩어진 흙이 사방으로 날려가 나뭇잎을 파고들었다. 그러자 그 빈틈을 노리고 토귀가 매서운 일장을 날렸다.

파앙!

토귀의 손에서 일어난 장력이 두공의 가슴을 쳐댄다.

"그렇게는 안 되지!"

두공이 선장을 비스듬히 눕히더니 번개처럼 토귀의 손을 쳤다.

"이크!"

토귀가 기겁하며 손을 빼고는 다시 땅속으로 스며들었다. 이번에는 노승 두공도 토귀의 위치를 쉽게 찾지 못했다.

두공이 선장을 머리 위로 든 채 사방을 훑어보기 시작했다. 그러나 어디서도 토귀의 흔적이 드러나지 않았다.

"땅 귀신이 어디에 숨었는가?"

노승 두공이 일부러 토귀의 화를 돋운다. 그러나 노련한 토귀가 상대의 도발에 넘어갈 리는 없었다. 그렇게 한순간 침묵이 이어졌다.

그런데 그때였다. 갑자기 두공이 나온 토굴에서 검은 연기 같은 것이 흘러나오더니 이내 절벽을 타고 오르기 시작했다. 순간 한쪽에서 숲의 바닥이 벌떡 일어나며 토귀의 노성이 들렸다.

"천수, 보물을 혼자 차지하려는가?"

토귀의 외침에 노승 두공이 놀라 재빨리 뒤를 돌아봤다. 그러자 절벽을 타고 오르는 연기 속에서 한 줄기 목소리가 들려왔다.

"두 분께선 계속 비무를 하세요. 강호 무인에게는 비무야말로 최고의 즐거움 아니겠어요? 하찮은 보물 따위는 아녀자가 간수해야지요."

"이런 젠장!"

토귀가 두공을 아랑곳하지 않고 검은 연기를 따라 절벽을 타고 오르기 시작했다. 그러자 두공이 은은한 사자후를 흘렸다.

"무량보는 마귀의 무공! 내 허락 없이는 그 누구도 가져갈 수 없다!"

노승 두공이 몸을 날렸다. 그러자 그의 신형이 거대한 독수리처럼 절벽을 날아오르기 시작했다.

궁비영과 중광이 절벽 위에 올랐을 때 세 사람은 북쪽 바위산을 넘어 다시 숲으로 들어가고 있었다.

"망할 놈들!"

중광이 숨을 헐떡거리며 중얼거렸다.

"가자!"

"제길! 숨 좀 돌리고!"

"그러다가 놓쳐!"

궁비영이 뒤도 돌아보지 않고 다시 몸을 날렸다.

"저놈의 자식! 이젠 도저히 따라잡을 수가 없네!"

중광이 숲으로 달려가는 궁비영을 보며 혀를 내두른다. 그러면서도 그 자신도 다시 질풍처럼 달리기 시작했다.

"그만 섯거라!"

쿵!

매가 사냥감을 덮치듯 노승 두공의 장력이 검은 연기를 덮쳤다. 그러자 검은 연기가 사방으로 흩어졌다가 십여 장 밖에서 다시 모인다. 그런데 그 순간 땅을 뚫고 토귀가 솟구쳤다.

"천수, 욕심이 과하군!"

순간 검은 연기가 움직임을 멈추더니 서서히 사람의 형상으로 변했다. 천하이도 중 한 명인 천수다.

"너무하는 것 아닌가? 나로 하여금 노승을 상대하게 하고 그사이에 무량보를 훔쳐 내다니!"

토귀가 천수를 보며 투덜거렸다. 그러면서도 노한 빛은 보이지 않는다. 아마도 둘 사이에는 이런 일이 비일비재한 모양이다.

"제게 얼마나 중요한 물건인지 알잖아요. 그리고 보물의 주인은 본래 둘이 될 수 없지요."

천수가 말했다.

"흥, 그대의 사부에게 좋은 것을 배웠군."

"사부께선 이 방면에 도통한 사람으로 토귀를 따를 자가 없다고 했지요."

"흥, 그녀가 그런 말을 했어?"

"사부께서도 토귀 어른께 여러 번 당하셨다고 들었는데요?"

"나보다야 그대의 사부, 전대 천수가 더 심했다고 할 수 있지."

토귀의 말에서 천하이도로 불리는 천수가 한 사람이 아니라 대를 이어 같은 별호를 사용한다는 것이 드러났다.

그런데 그렇게 두 사람이 말다툼을 하는 사이 어느새 두공이 두 사람 곁으로 다가섰다. 그러고는 천수를 향해 손을 내밀었다.

"무량보를 내놓으시게."

"전 한번 제 수중에 들어온 물건을 다시 내어준 적이 없어요."

"오, 그러신가? 하지만 내게도 원칙이 있지. 내 물건은 허락 없이 누구도 가져갈 수 없다는 것!"

스윽!

노승 두공이 말을 하며 가사 자락을 가볍게 휘둘렀다. 그러자 그의 가사 자락에서 검은 기운이 일어나더니 순식간에 천수의 몸을 감쌌다. 순간 천수가 소리쳤다.

"당신! 무량보를 수련했군요!"

"그렇기 때문에 무량보의 무서움을 알고 있지."

"흥! 천하를 위해 무량보를 취했다더니 이제 보니 모두 거짓이었군요!"

"난 거짓을 말하지 않아. 내가 무량보를 수련한 것은 그 마기를 능히 통제할 수 있기 때문이지. 더군다나 난 무량보를 그저 살펴보는 것 정도로 수련했을 뿐이네. 정수를 얻지도, 얻으려고도 하지 않았어."

"당신이 할 수 있다면 다른 사람도 할 수 있지요."

어느새 천수가 두공이 만든 검은 기운에서 빠져나오고 있었다. 그러자 두공이 재차 가사 자락을 휘둘렀다.

순간 이번에는 청색 기운이 일어나 빠져나가려는 천수를 다시 옭죄었다.

"윽!"

천수의 입에서 신음 소리가 흘러나왔다.

"무량보를 내놓고 목숨을 구하시게."

두공이 말했다.

"설마 불자의 몸으로 무보 때문에 사람을 죽이겠다는 건가요?"

천수가 소리쳤다.

"무량보를 수련하는 자는 곧 마귀다. 불자의 몸으로 마귀를 쫓는 것은 선업을 쌓는 것이네."

"흥, 그럼 당신은 이미 마귀가 된 것인가요?"

천수가 지지 않고 소리쳤다. 그러면서도 그녀는 두공이 만든 흑색과 청색의 기운에서 벗어나지 못하고 있었다. 실로 놀라운 무공이 아닐 수 없었다.

"하긴 사람이란 종자가 애초에 사특한 마귀지. 부처께서 출현하신 것은 바로 그 사악한 인간을 깨우치기 위함이고. 본승이 오늘 그대에게 마보를 탐하는 것이 얼마나 어리석은 일이지 깨닫게 해주겠네."

두공이 다른 손을 허공으로 들어 올렸다. 그러자 그 손에 투명한 진기 덩어리가 만들어지기 시작했다.

두공의 무공은 실로 놀라운 경지에 이르러 있었다. 두 손을 이용해 이렇게 자유자재로 강력한 장력을 사용할 수 있는 자는 아마도 천하에서 손에 꼽힐 터였다.

그런데 그때였다. 갑자기 두공의 옆구리로 작은 돌멩이 하나가 날아들었다. 그런데 처음에는 미미해 보이던 돌멩이가 두공의 일 장 안으로 들어서는 순간 벽력같은 파공음을 일으켰다.

쾨아앙!

"음!"

두공의 입에서 나직한 침음성이 흘러나왔다. 그의 옆구리를 파고들던 돌멩이가 바위처럼 커다란 그림자를 일으켰다. 물론 실제로 돌멩이가 바위로 변한 것은 아니었다. 단지 그 돌멩이에 실린 진기가 갑자기 늘어난 것이었다.

"역시 토귀!"

노승 두공의 입에서 탄성이 흘러나온다. 동시에 그의 손이 천수를 놓아두고 돌덩이를 내려쳤다.

쾅!

천지가 무너지는 소리가 터져 나왔다. 동시에 돌덩이가 부서지며 그 충격으로 사방이 흔들리고 시야가 흐려졌다.

그리고 잠시 후 혼란이 가라앉자 노승 두공의 입에서 나직한 탄식이 흘러나왔다.

"천하이도, 천하이도 하더니 과연 명불허전이군. 이렇게 되면 사형을 믿는 수밖에."

두공이 허탈한 표정으로 중얼거렸다. 장내에는 이미 그 말고 그 누구도 존재하지 않았다.

"흐흐, 천수, 이제 그 물건이 혼자의 것이 아니라는 것은 인정하지?"

바람처럼 달리던 천하이도가 한순간 걸음을 늦췄다. 그러자 토귀가 기다렸다는 듯이 천수에게 물었다.

"좋아요. 저도 그 정도 양심은 있지요."

"흐흐, 역시 이럴 때 보면 또 도리를 알아."

"일단은 사부께 가요."

"음, 그래야겠지. 그런데 어디 계시지?"

"그건 가보면 알아요."

"멀리 계신가?"

"며칠은 가야 해요."

"제길! 그런데 썩 좋지 않으신가 보군."

토귀가 걱정스레 물었다. 그러자 천수가 고개를 끄떡였다.

"이 무량보가 효과를 내기를 바라야지요."

"그런데 말이야, 정말 무공으로 자네 사부의 병을 고칠 수 있을까?"

"지금으로썬 그의 말을 믿을 수밖에요."

"음, 마의 한록은 믿을 만한 자가 아닌데……."

"그래도 의술 하나는 강호제일이지요. 더군다나 이곳에 두 공이 있다는 것도 사실이었잖아요."

"그렇기는 한데… 그자가 어찌 용두사에 노승 두공이 있는 줄 알았을까?"

"그게 저도 의문이기는 해요. 하지만 뭐, 일단 무량보를 얻었으니……."

그런데 그 순간 두 사람이 거의 동시 뒤로 물러났다. 어느새 천수의 손에는 한 자루 검이 들려 있다. 두공을 상대할 때조차 빼 들지 않던 검이다.

"누구냐?"

토귀가 한 손으로 땅을 짚고 자세를 낮추며 물었다. 그러자 어둠 속에서 승려 한 명이 나타났다.

승려가 나타나자 천하이도가 좀 더 긴장했다. 두공이 여기까지 쫓아왔다고 생각한 것이다. 그러나 잠시 후 두 사람 모두 당황한 모습을 보였다. 왜냐하면 두 사람 앞에 나타난 승려는 두공이 아니었기 때문이다.

"당신은 누구요?"

토귀가 여전히 상대를 경계하며 물었다. 그러자 중년의 승려가 대답했다.

"사제의 부탁으로 무량보를 회수하러 온 사람이오."

"사제? 그럼 두공 선사의 사형이란 말이오?"

"뭐, 같은 스승을 두지는 않았지만 그가 나를 그렇게 부르는 것은 맞소."

"이보시오, 거짓말을 하려거든 그럴듯하게 하시오. 정말 두공 선사를 알기는 하오?"

"그렇소. 오늘까지도 용두사 석굴에서 함께 지냈소. 그래서 그대들이 무량보를 훔쳐 내는 솜씨도 잘 보았지."

"음, 그런데 어떻게 스님이 두공 선사의 사형이 될 수 있단 말이오? 누가 보아도 스님의 나이가……."

토귀의 질문에 승려가 고개를 끄떡였다.

"물론 두공 사제의 나이가 나보다 십여 세 많은 것은 맞소. 하지만 불가의 서열은 나이를 따르지 않소."

"그렇기는 하지만 스승이 다르다고 하지 않았소?"

같은 스승이라면 입문한 순서가 사형제의 서열을 결정한다. 그런데 스승이 다르다면 이뤄지기 어려운 일이다.

"나의 스승께서 과거 두공 사제의 스승님과 형제의 연을 맺은 적이 있기에 가능한 일이오."

"음, 그렇다면 가능한 일이기도 하지."

토귀가 고개를 끄떡였다. 그러자 승려가 말했다.

"이제 무량보에 대해 이야기를 해봅시다. 내 천하이도가 무리한 욕심을 내는 사람들은 아니라고 들었소만……."

"우리에겐 반드시 무량보가 필요하오."

"이유를 알아도 되겠소?"

승려가 묻자 천하이도가 잠시 망설인다. 그러다가 토귀의 눈길을 받은 천수가 입을 열었다.

 "제 스승께서 중병에 걸리셨는데 그를 치료하자면 반드시 무량보가 필요하다고 하더군요."

 "음, 무공으로써 병을 치료한다? 그럼 결국 그 병의 시작도 무공이란 말이 되는군."

 "스님께선 참으로 영명하시군요."

 천수가 승려를 칭찬하는 것으로 대답을 대신했다. 그러자 승려의 입에서 더 놀라운 이야기가 흘러나왔다.

 "그 병을 치유하는 데 무량보가 필요하다면 필시 마불의 무공에 당한 것일 테고."

 "어, 어떻게 그걸……?"

 천수와 토귀의 입에서 동시에 놀란 목소리가 흘러나왔다. 그러나 승려는 그들의 물음에 대답하는 대신 차분하게 입을 열었다.

 "마불의 무공이 무서운 것은 그 진기의 기운이 상대에게 뿌리 깊게 파고들어 훗날 반드시 문제를 일으키기 때문이지. 그 기운을 흩어낼 수 있는 방법으로 무량보를 지목했다면 의술뿐 아니라 무공에도 뛰어난 재주를 가진 자의 처방이겠군."

 "그, 그래요. 이건 마의의 처방이에요."

 "마의 한록? 강호제일의라 불리는 그 말이군. 그가 무공에도 조예가 깊은 줄은 몰랐군."

 승려가 고개를 갸웃한다.

"그래서 우리로서는 무량보를 포기할 수 없어요."

천수가 말했다. 그러자 승려가 잠시 생각에 잠겼다가 토귀를 보며 물었다.

"그대는 왜 무량보가 필요한 것이오?"

"무량보는 뛰어난 무보요. 무공을 수련한 자에게 어찌 욕심이 없겠소."

"단지 그 때문이오?"

"그렇소. 더불어 말하자면 본래 우리가 주인이니 훔친 것이 아니오. 환마를 상대한 것은 바로 우리란 말이오. 구천맹이 약속한 물건이고 말이오."

"무량보에 치명적인 단점이 있다는 것을 아시오?"

"물론 이야기는 들었소. 그러나 살펴보지 않으면 모르는 일. 또 그 단점을 해결할 방법을 찾을 수도 있지 않겠소?"

토귀가 말하자 승려가 고개를 젓는다.

"그렇지가 않소. 무량보의 마기는 정말 무시운 것이오. 십중팔구는 주화입마에 빠지고 어찌어찌 그 기운을 이겨낸다 해도 결국 희대의 마인이 되고 마오. 그런데도 무량보를 수련하겠소?"

"때론 독이 약이 되기도 하오."

토귀가 말했다. 그러자 승려가 뭔가를 망설이는 듯하다가 품속에서 작은 목함을 꺼내 들며 말했다.

"이 안에 들어 있는 환약이라면 마불에게 당한 내상을 치료할 수 있을 것이오. 이 환약을 줄 테니 무량보는 포기하시오."

"그 말을 어찌 믿소?"

토귀가 고개를 저으며 말했다. 그러자 승려가 대답했다.

"내 이름은 살자이. 서장에선 날 목불이라 부르는데 혹 아시오?"

순간 토귀가 화들짝 놀라며 뒤로 물러났다.

"목불 살자이!"

"들어본 모양이구려."

"당신이… 정말 당신이 목불 살자이요?"

"그렇소."

"어떻게 당신이 이곳에⋯⋯?"

"우연히 중원에 나왔다가 마침 두공 사제가 용두사에 머물고 있다기에 나 역시 사제의 석굴에 머물고 있었소."

"정말 두공 선사가 목불의 사제시오?"

"그렇소."

"그렇다면 두공 선사의 뿌리가⋯⋯?"

"짐작대로요."

"아, 그건 정말 의외의 사실인데? 설마하니 두공 선사의 뿌리가 서장 불교일 줄이야. 난 소림의 사람으로 알고 있었는데⋯⋯."

"과거 사백께서 서장을 떠나 소림에 자리를 잡았소."

"음, 그리된 것이었구려."

토귀가 고개를 끄떡인다.

"이제 내 말을 믿을 수 있겠소?"

살자이가 손에 든 목함을 다시 내밀었다. 그러자 토귀가 나직한 목소리로 중얼거렸다.

"마불이 서장 출신이니 그의 마기를 해소하는 방책을 목불께서 알고 있다고 해도 이상한 일은 아니오. 하지만……."

"적어도 무량보의 부작용을 감당하는 것보다는 내 제안을 받아들이는 것이 나을 것이오."

살자이의 말에 토귀의 얼굴에 갈등의 빛이 가득했다. 전대천수의 병세야 살자이가 건넨 해약으로 고칠 수 있을지 모르지만 그렇다고 무량보를 넘겨주면 희대의 무공을 수련할 기회를 놓치게 된다.

사람은 위험한 줄 알면서도 이득이 되면 섶을 지고 불로 뛰어드는 존재. 무량보를 수련하면 치명적인 위험에 노출되는 것을 알지만, 무인으로서 토귀는 쉽게 무량보를 포기할 수 없었다.

그러나 천수는 달랐다. 천수가 무량보를 얻으려는 것은 결국 사부의 지병을 치료하기 위함이었으니 부작용 없이 사부를 치료할 수 있다면 오히려 살자이가 건네는 해약이 그녀에게 더 가치 있는 물건이었다.

"좋아요. 그렇게 하죠."

토귀가 말릴 사이도 없이 천수가 무량보를 꺼내 살자이에게 건네면서 그의 손에 있는 목함을 낚아챘다.

"천수!"

토귀가 놀란 표정으로 소리를 질렀다.

"사부님을 구하는 데는 이 해약이 더 유용해요."

천수가 토귀를 보며 말했다.

"그러나 무량보에 대한 권리의 반은 내게 있네."

"그건 제 사정이 아니지요. 이미 무량보는 목불께서 취하셨으니 권리를 따지려면 목불께 따지세요."

"지금 그걸 말이라고 하는 건가?"

"어쨌든 제 일은 끝났으니 전 그만 가봐야겠군요."

천수가 냉정하게 말했다. 그러자 목불이 고개를 저으며 말했다.

"아직 한 가지 일이 더 남았소."

"그게 무슨 말이죠? 거래는 끝난 것 아닌가요?"

천수가 경계의 빛을 보이며 물었다.

"물론 우리의 거래는 끝났소. 그러나 아직 흥정을 시작도 하지 않은 사람들이 있소. 그만 나오는 것이 어떠하오?"

살자이가 갑자기 아름드리나무 위를 보며 말했다.

"이런 제길, 과연 보통 양반이 아니라니까."

나무 위에 올라 무량보를 두고 벌이는 세 사람의 거래를 지켜보고 있던 중광이 중얼거렸다.

"가보자고. 우리도 거래를 해야지."

궁비영이 훌쩍 신형을 날리며 말했다.

제3장
천하이도

살자이의 눈에 뜻밖이라는 표정이 떠올랐다.

"자네들은?"

"또 뵙는군요."

"자네들이 어떻게 여기에 왔는가?"

살자이가 물었다.

"저희가 어떤 일을 하는지 아시지 않습니까?"

궁비영이 침착하게 대답했다. 그러자 살자이가 난감한 표정을 짓다가 다시 물었다.

"나에게 볼일이 있는 건가?"

"스님을 뵈러 온 것은 아닙니다."

"그럼 누굴 만나러 온 것인가?"

"이 두 사람을 만나러 왔습니다."

"우릴?"

한쪽에 물러나 있던 토귀가 의아한 표정으로 물었다.

"그렇소. 우린 그대들을 만나러 왔소."

"누가 보냈는가?"

"맹에서 나왔소."

"음."

토귀의 입에서 나직한 침음성이 흘러나온다. 듣고 싶지 않은 소리를 들은 표정이다.

"맹이라면… 오죽노겠군."

"그렇소."

"하하, 이거 정말 귀신같은 사람이군. 사람을 이런 식으로 끌어내다니. 천수, 우리가 그자에게 또 당한 것 같네."

토귀가 천수를 돌아보며 말했다. 그러자 천수가 차갑게 대답했다.

"상관없어요. 어쨌든 사부님의 해약을 구했으니까."

"음, 그건 그렇군. 난 그래도 화가 나는군. 풍저객만큼은 믿었는데. 마의 한록에게 병을 고칠 방법을 알려주게 하고 풍저객을 움직여 무량보가 있는 곳을 흘렸단 말이군. 제길."

토귀가 투덜거렸다.

"그대들에게 무량보의 행방을 알려준 자가 풍저객인 모양이구려."

궁비영이 물었다. 그러자 토귀가 인상을 찌푸리며 대꾸했다.

"몰랐단 말인가?"

"우린 자세한 사정은 모르오. 단지 그대들을 데려오란 명을 받았을 뿐이오."

"음, 우리를 데려가기는 쉽지 않을걸. 자네들 같은 애송이를 보낸 것을 보면 필시 내력이 범상치 않은 친구들이겠지만. 보자, 우리 몰래 뒤를 밟았고, 나무를 타는 솜씨도 보통이 아니었지. 더군다나 이런 비밀스런 일을 맡길 사람이라면……. 그래, 시간이 되었어. 아마도 오죽노가 다시 검은 별을 하늘에 띄운 모양이군."

토귀가 쉽게 궁비영과 중광의 정체를 알아챘다.

"역시 듣던 대로 맹에 대해 잘 알고 계시는구려."

"무관치 않은 곳이니. 아무튼 오죽노가 우릴 원하나?"

"맞소이다. 두 분을 뵙기를 원하시오."

"음, 그런데 그대들에게 정말 우리를 데려갈 능력이 있는가?"

토귀가 차갑게 물었다.

"그건 우리도 모르겠소. 그러나 그 양반이 아무런 계산 없이 우리를 보내지는 않았을 거요."

"단지 말만 전하라고 하지는 않았겠지?"

"뭐… 어떻게든 데려오라고만 하더구려. 그 말은 팔다리 끊어지는 것은 상관치 않겠다는 말 같기도 하고."

궁비영의 대답에 토귀가 고개를 끄떡였다.

"역시 오죽노. 잔인한 면이 있는 사람이지. 하긴 그래서 마천을 물리쳤겠지만. 어쩌겠소?"

토귀가 천수에게 물었다. 그러자 천수가 대답했다.

"사부님을 뵙는 것이 급해요."

"그렇지. 그건 양보가 안 되는 일이지. 우린 살려야 할 사람이 있으니까. 어렵겠는데?"

토귀가 궁비영을 보며 말했다. 그러자 궁비영이 잠시 생각에 잠겼다가 천수에게 물었다.

"그대의 사부는 어디에 있소?"

"그건 왜 묻죠?"

천수가 싸늘하게 되물었다.

"멀지 않은 곳이면 동행하는 것도 나쁘지 않을 것 같아서 말이오."

"그, 그건……."

예상치 못한 말인지 천수가 당황해 대답을 하지 못한다. 그러자 토귀가 얼른 말을 받았다.

"자넨 참 특이하군. 보통의 흑성이라면 이런 경우 그냥 물러나든지 아니면 무력으로 일을 해결하려 할 텐데 동행이라니."

"뭐… 원수를 진 것도 아닌데 칼부림까지 할 필요가 있겠소?"

궁비영이 심드렁하게 말했다. 그러자 곁에 있던 살자이가 빙그레 미소를 지으며 말했다.

"내가 사람을 잘못 보지 않았군."

"그리고 보니 목불께서는 이자들을 아시는 듯하던데?"

토귀가 생각났다는 듯이 물었다.

"조금 인연이 있소."

"이상한 일이군. 구천맹의 흑성과 목불 살자이의 인연이라……."

토귀가 고개를 갸웃하며 중얼거렸다. 그러자 살자이가 다시 입을 열었다.

"그래서 세상은 재미있는 것 아니겠소? 인연이란 것이 그물처럼 얽혀 인간사가 이어지는 법이니 말이오. 중요한 것은 그렇게 맺어지는 인연들이 악연이 되지 말아야 한다는 것이고. 그러니 지금 그대들의 만남도 조심해서 다뤄야 할 것이오."

살자이가 정말 승려 같은 말을 했다.

"그 말은 이들을 데리고 전대 천수에게 가란 말이시구려."

"칼부림을 하는 것보다야 나을 것 같소만……."

"음, 어쩌겠소?"

토귀가 천수를 보며 물었다. 그러사 천수가 대답했다.

"사부님의 거처에 위험한 자들을 들일 수는 없어요."

냉정한 거절이다. 그러자 궁비영이 말했다.

"우린 그대의 사부에게 어떤 위해도 가하지 않을 것이오."

"사람 말은 믿을 것이 못 되지요."

"그 말은 나도 동의하오. 그러나 오늘 우리를 믿지 못한다면 결국 일은 도검으로 해결해야 할 것이오. 더불어 흑성은… 당신도 알 것이오. 흑성이 어떤 존재라는 것을. 오늘 우리가 죽으면 내일 다른 흑성이 당신들을 찾아갈 것이오. 그리되면 그대에겐 당신의 사부를 구할 시간이 없을 거요."

"협박인가요?"

"뭐, 사실이 그렇다는 거요."

궁비영이 무덤덤하게 대답했다. 그러자 천수가 대답을 하지 않고 아미를 모으며 궁비영을 노려보았다.

"이보시게, 천수. 이자의 말이 틀리지 않네. 설혹 이 자리에서 이들을 벤다 한들 일단 우리의 행적이 드러난 이상 오죽노의 추격을 피할 수는 없어."

"그가 왜 우릴 찾는 거죠?"

천수가 궁비영에게 물었다. 그러자 궁비영이 고개를 젓는다.

"그야 우리도 알 수 없는 일이오. 나도 참 궁금하긴 하오. 도대체 고고하신 오죽노께서 도둑들은 왜 만나려고 하는지."

"흐흐, 그건 우리가 보통 도둑이 아니기 때문이지."

토귀가 나직한 웃음을 흘렸다. 스스로에 대한 자부심이 묻어나는 웃음이다.

"그런데 왜 그대들은 오죽노를 만나는 것을 꺼리는 것이오?"

궁비영이 물었다.

"그건 그가 우리와의 약속을 어겼기 때문이지. 그리고 그를 만나면 항상 위험한 일이 생겨. 그는 아주 교활한 자지. 어떻게든 우리를 자신의 일에 끌어들이거든. 그래서 우린 다신 그를 만나지 않기로 결심했지. 그날 이후… 음!"

"그날이라니, 언제 말이오?"

궁비영이 다시 물었다.

"그건 그대가 알 바 없는 일이네."

토귀가 냉정하게 말을 끊었다. 그러자 궁비영이 고개를 끄떡였다.

"뭐, 말하고 싶지 않으면 하지 마시오. 하지만 어쨌든 우리 제안에는 답을 해줘야겠소. 우리도 마냥 기다릴 수는 없으니까."

궁비영이 두 사람의 대답을 재촉했다. 그러자 토귀가 다시 천수를 바라본다. 천수의 얼굴에 갈등의 빛이 서리더니 천천히 고개를 끄떡인다.

"좋아요. 그렇게 하죠."

"좋은 선택이오."

궁비영이 대답했다.

"당신들이 두려워서는 아니에요. 내겐 시간이 필요하기 때문이죠."

"뭐, 어쨌거나 좋소. 나야 당신들을 데려가기만 하면 되니까. 그런데 갈 곳이 먼 곳이오?"

"며칠 길은 돼요."

"좋군. 전서를 날려. 며칠 걸린다고."

궁비영이 중광을 돌아보며 말했다.

"괜찮을까?"

"데려가기만 하면 되지, 뭐."

궁비영이 퉁명스레 대답했다. 그러자 중광이 고개를 끄떡이고는 한쪽으로 물러나 품속에서 전서구를 꺼내 전서를 날릴 준비를 했다. 그 모습을 물끄러미 바라보고 있던 토귀가 중얼거렸다.

"당신들은 조금 이상하군."

"뭐가 말이오?"

"다른 흑성들과는 조금 달라."

"흐흐, 당신들이 보통 도둑이 아니듯 사실 우리도 보통 흑성은 아니오."

궁비영이 짐짓 토귀의 흉내를 내며 말했다.

*　　　*　　　*

두 개의 산을 넘고 하나의 절벽을 내려갔다. 절벽은 수백 장에 이르렀는데 토귀와 천수는 마치 평지를 걷듯 절벽을 내려갔다.

두 사람의 신법을 보는 궁비영과 중광은 기가 질렸다. 두 사람도 흑성이 되기 위해 추월보를 수련하고 환술 천환을 익혔지만, 천하이도 두 사람이 보여주는 움직임은 또 다른 경지의 것이었다.

"제길, 제대로 붙었으면 승패를 가늠하기 힘들었겠어."

중광이 다행이라는 듯 말했다.

"그러게 말이다. 이런 자들인 줄은 몰랐어."

궁비영이 대꾸했다. 그러자 그들의 뒤를 따르고 있던 목불살자이가 말했다.

"저 두 사람이야말로 과거 구천맹이 마천을 무너뜨릴 수 있었던 하나의 숨은 이유지. 흑성과 더불어 말이야."

"그건 왜 그렇습니까?"

중광이 물었다.

"월곡투를 아는가?"

"그야 뭐 당연히 알고 있지요. 마천의 숨통을 끊은 싸움 아닙니까?"

"맞네. 내가 듣기로 그때 월곡으로 마천의 마두들을 유인한 것은 흑성들이고, 월곡에 천라지망을 펼친 것은 오죽노였지."

"그런데요?"

중광이 되물었다.

"당시 오죽노가 월곡에 완벽한 함정을 팔 수 있었던 것은 바로 저들 두 사람 천하이도 떡보이리고 하디고. 특히 토귀에 의해 만들어진 지하의 기관들은 마천의 마두들에게 지옥과도 같았다고 하더군."

"음, 그런 일이 있었군요. 그런데 오죽노는 그렇게 두 사람을 이용해 먹고 약속을 지키지 않았단 말입니까?"

"그들 사이에 어떤 약속이 있었는지는 나도 모르는 일이네."

살자이가 대답했다. 그러자 궁비영이 물었다.

"그런데 스님은 마천의 시대에 줄곧 서장에 머무셨다면서 어떻게 중원의 사정을 그리 잘 알고 계십니까?"

궁비영의 물음에 살자이가 빙그레 미소를 지으며 말했다.

"본 교에 대해 모르는가?"

"그야… 하긴 그렇군요. 서장은 항상 중원무림과 불가분의 관계였지요. 마천의 시대에도 중원에 나와 무림의 정세를 살피는 라마가 많았겠군요."

궁비영이 고개를 끄덕였다. 그러자 이번에는 중광이 물었다.

"그런데 스님, 스님은 왜 동행하시는 겁니까?"

"전대 천수를 좀 봐야 할 것 같아서 말이네."

"전대 천수를요?"

"그렇다네. 그의 병세는 어쩌면 신단만으로 고칠 수 없을지도 몰라. 내가 그들에게 신단을 주고 무량보를 받았으니 그의 상세를 확인해야겠네."

"스님은 참 마음도 좋습니다. 그래 봐야 저들이 도둑질한 물건인데."

중광이 앞서 가는 천하이도를 흘끗 보며 말했다.

"꼭 무량보를 받았기 때문만은 아니네."

"그럼 다른 이유가 있나요?"

"전대 천수가 몸이 상한 이유는 마천의 거마 마불의 마기에 당했기 때문이지. 그런데 그 마불이 서장 출신이네."

"어? 그럼 라마교의 승려였단 말입니까?"

"그렇다네. 그러니 전대 천수의 일을 나 몰라라 하기도 어렵다네. 모르면 모를까, 알게 된 이상에야."

"휴우, 참 인연이란 게 정말 그물과 같군요."

"그러게 말일세. 하하!"

살자이가 사람 좋은 웃음을 흘려냈다.

"이쪽이오."

토귀가 세 사람의 걸음을 재촉했다. 궁비영 등이 서둘러 거대한 바위 위로 날아올랐다. 그러자 바위 뒤쪽으로 십여 장의 공터가 모습을 드러냈다.

"여기서 기다리시오."

토귀가 말하자 살자이가 입을 열었다.

"내가 함께 들어가 보는 것이 좋겠소."

"신단만 먹으면 되는 것 아니오?"

토귀가 의심스런 표정으로 살자이에게 물었다.

"분명 신단은 야효를 발휘할 것이오. 그러나 나불의 마기에 당한 것이라면 나의 도움이 약간 필요할 거요. 그렇지 않다면 회복하는 데 여러 달이 더 걸릴 것이오."

살자이의 말에 토귀가 여전히 의심을 지우지 못한 표정으로 천수에게 물었다.

"어쩌겠소?"

토귀의 물음에 천수도 고민하는 빛을 보이다가 이내 결심한 듯 살자이에게 말했다.

"선사의 명성을 믿지요."

"후후, 소문은 믿을 것이 못 되나 난 남을 해코지할 사람이 아니니 걱정 마시오."

"그럼 난 밖에 있으리다."

토귀가 말했다.

"좋도록 하세요."

천수가 짧게 대답을 하고는 살자이와 함께 공터 끝 쪽에 교묘하게 가려진 동굴로 들어갔다.

"자, 제법 오래 걸릴 테니 우린 앉아서 쉽시다."

토귀가 슬쩍 궁비영과 중광을 보며 말했다. 그러자 두 사람이 대답을 하는 대신 토귀에게서 멀찍이 떨어진 곳에 자리를 잡고 앉았다.

"원 참, 누가 흑성 아니랄까 봐 사람을 가리네."

토귀가 서운한 표정으로 말했다. 그러나 궁비영은 흐트러진 모습을 보이는 토귀의 눈이 어느 때보다 빠르게 움직이고 있는 것을 놓치지 않았다. 아마도 불청객이 있지 않을까 걱정하는 모양이었다.

'하긴 나라도 걱정이 되겠지. 오죽노가 우리만 보냈을 리 없는데……'

궁비영도 고개를 들어 주위를 살폈다. 그러나 어디서도 사람의 인기척은 느껴지지 않았다.

'서두를 이유는 없겠지.'

굳이 스스로 가겠다는 사람을 강제로 끌고 갈 필요는 없는 일이다. 두 사람의 뒤를 따라온 다른 흑성들이 있다 한들 전대 천수의 치료를 마치면 오죽노를 만나기로 한 이상 천하이도를 도발할 이유는 없었다.

"흑성은 언제 되었소?"

주변에 사람이 없는 것을 확인한 토귀가 두 사람에게 넌지시 물었다. 그러자 중광이 성을 내며 말했다.

"죽고 싶소?"

"낄낄, 뭐 대단한 비밀이라고."

"구천맹과 인연이 있다면 흑성에 대해 함부로 언급하는 것이 금기인 것을 모르지 않을 것 아니오?"

"흐흐, 그야 옛날 일이지. 지금이야 흑성의 존재는 천하가 다 아는 것이고, 음, 과거의 흑성들은 정말 대단했는데. 뭐랄까, 흑성이면서도 영웅적인 기도가 있었다고 할까?"

"지금은 아니란 말이오?"

중광이 되물었다. 흑성에 대해 언급하지 말라면서 오히려 중광이 교묘하게 토귀의 말재주에 끌려들어 가고 있었다.

"자네들이 영웅적인 사람이라 생각하나?"

토귀가 슬쩍 말을 놓는다. 그러자 중광이 재차 화를 내려고 하는데 궁비영이 손을 들어 중광을 막았다.

"대꾸하지 마. 능구렁이 같은 자야."

궁비영의 말에 그제야 중광이 자신이 토귀의 말장난에 넘어가고 있다는 것을 깨닫고는 코웃음을 쳤다.

"이제 보니 땅 귀신이 아니라 세 치 혀만 살아 있는 족제비 같은 자였군."

　나직하게 말했지만 그 말을 듣지 못할 토귀가 아니었다.

　"요즘 아이들은 버릇이 없어."

　"그래서 한번 붙어보시려우?"

　중광이 정색을 하며 도를 잡아갔다.

　"그랬다간 자넨 죽어."

　한순간 토귀가 살기를 흘려낸다. 지금껏 볼 수 없던 강렬한 살기다. 그 기세에 중광이 흠칫하며 말했다.

　"이제 보니 정말 음흉한 자군. 속마음을 숨기고 있다니……."

　"후후후, 그게 강호에서 살아남는 가장 좋은 방법이지."

　토귀가 대꾸했다. 그러자 중광이 다시 입을 열었다.

　"그렇더라도 조심하시오. 가끔은 그런 속임수를 좋아하지 않는 사람도 있소."

　"흥, 세상에 내가 무서워하는 것은 없어."

　"오호라, 그래서 오죽노를 피해 다니는 거요?"

　"그자는… 음, 그자가 무섭긴 하지. 도저히 가늠할 수 없는 심기를 가지고 있으니까."

　토귀가 웬일인지 순순히 인정한다. 아마도 오죽노만큼은 그 역시 두려운 모양이었다.

　'그가 그렇게 대단한 자이던가?'

　궁비영이 토귀의 반응을 보며 새삼스레 오죽노를 떠올렸다. 한적한 산골로 귀향한 선비와 같은 그의 모습이 떠오른다. 그 모습 속에 토귀 같은 자도 두려워할 무엇인가를 숨기고 있다니 갑자기 소름이 돋았다.

"그나저나 치료는 잘되고 있는 건가?"

토귀가 문득 고개를 돌려 동굴을 바라봤다. 그러나 동굴 쪽에서는 어떤 기척도 느껴지지 않았다.

그런데 그때였다. 갑자기 궁비영의 눈빛이 반짝였다.

"불청객이 온 모양이오!"

궁비영이 짐짓 소리를 크게 냈다. 기습을 당하는 것을 방비하기 위한 행동이다.

궁비영의 경고에 토귀와 중광이 놀란 눈으로 주위를 살폈다.

"아하, 자넨 정말 귀가 밝군. 맞아. 불청객이 오고 있어."

토귀가 고개를 끄떡이며 자리를 털고 일어났다. 중광도 어느새 도를 빼 들고 두어 걸음 뒤로 물러나 있다.

궁비영이 천천히 중광의 옆으로 다가섰다. 토귀는 두 사람 뒤쪽에 숨듯이 다가섰다.

그렇게 불청객을 맞을 준비를 하자 어둠 속에서 다섯 사람이 모습을 드러냈다. 그런데 그들이 모습을 드러내는 순간 갑자기 뒤에 있던 토귀가 헛바람을 흘려냈다.

"헉! 저자가?"

"아는 사람이오?"

중광이 물었다.

"아, 오늘 일진이 정말 좋지 않구나."

토귀가 나직하게 탄식을 흘렸다.

"도대체 누군데 그러시오?"

중광이 재차 물었다. 그러자 토귀가 바짝 긴장한 목소리로 대답했다.

"마불 구르간, 그가 왔어."

소름이 끼쳤다. 검붉은 장삼을 입고 머리에 쓴 두건은 눈 아래까지 내려와 있다. 그러나 그 안에서 번쩍이는 안광으로 인해 그의 얼굴은 어둠 속에서도 붉게 빛나고 있었다.

마주치는 것만으로도 두려움을 일으키는 자다. 또한 그의 이름 역시 듣는 것만으로도 사람의 오금을 저리게 한다.

마불 구르간. 그 출신이 서장 밀교로 알려진 자다. 그렇게 따지면 목불 살자이와 같은 사문이다. 그런 그가 왜 마천의 전설적인 마두가 되었는지는 알려지지 않았다.

마천의 거마로서 마불 구르간의 마명은 그 어떤 마두보다도 강렬했다. 그가 강호에서 손을 쓴 일은 그리 많지 않지만, 일단 그의 모습이 나타나고 나면 반드시 시산혈해를 이뤘고, 만사는 그의 뜻대로 이뤄졌다고 한다.

그런 마불이 앞에 있다. 세상사가 우연의 연속이라지만 뜬금없는 마불 구르간의 등장은 그야말로 마른하늘의 날벼락 같은 일이었다.

"토귀, 날 잊지 않았군."

"어찌 잊을 수가 있겠소."

토귀가 두려움에 질린 표정으로 말했다.

"좋아, 그럼 내가 왜 왔는지도 알겠군."

"설마… 날 잡기 위해 온 거요? 월곡의 일로?"

"후후후, 그대는 자신을 너무 높게 평가하는군. 도둑 하나 잡자고 내가 움직일 수는 없는 일이지."

"옛 빚을 갚으러 온 게 아니라면 무슨 일로 날 찾아온 것이오?"

토귀가 한편으로는 한숨을 쉬며 물었다. 자신이 목적이 아니라면 어찌 빠져나갈 구멍을 만들 수도 있다고 생각하는 듯했다.

"듣자 하니 천하이도가 용두사에서 무량보를 얻었다고 하더군."

"헉!"

마불 구르간의 말에 토귀가 너무 놀라 헛바람을 흘려냈다. 도내체 이사가 어떻게 물과 며칠 전에 있던 일을 안 것일까.

더군다나 그 일은 그야말로 세상의 이목이 닿지 않는 어둠 속에서 일어난 일이므로 오직 천하이도와 궁비영, 중광, 그리고 목불 살자이만이 아는 일이다.

아니, 한 명 더 일이 벌어진 것을 아는 자가 있다. 두공 백명이다.

"설마 두공 선사께 손을 썼소?"

토귀가 화난 표정으로 물었다.

"후후후, 걱정 마시게. 그는 멀쩡하니. 그런데 그의 물건을 훔쳐 놓고 그를 걱정하는가?"

"물건을 훔칠지언정 사람의 목숨을 가볍게 여기지는 않소."

"그래서 월곡에서 그 많은 마천의 형제를 죽였는가?"

"그 일이야말로 강호의 형제들을 살리기 위함이었소."

"좋아, 사람은 각자의 명분에 따라 운명을 선택하니까."

마불 구르간이 고개를 끄덕였다. 이럴 때는 고승의 면모도 보이는 구르간이다.

"두공 선사를 어찌하셨소?"

"그는 무사해. 그와 나는 뿌리가 같으니 죽일 수는 없는 일이지."

구르간이 말했다.

"몸은 성하시오?"

"사지는 온전하지. 단지 무공은 더 이상 쓸 수 없게 되었지."

"아, 마불 당신은 진정……!"

토귀의 얼굴에 노여움이 떠오른다. 무인에게 무공이란 생명보다 중한 것이다.

"화낼 일만은 아니야. 머리 깎고 중이 된 이유는 불도를 얻기 위함이지 무공을 수련하기 위함은 아니니까. 아무튼 그의 일을 논하고 싶은 생각은 없고, 무량보를 내놓으라."

마불이 서늘한 살기가 느껴지는 목소리로 말했다. 그러자 토귀가 고개를 저었다.

"무량보는 내게 없소."

"무량보가 없다고?"

마불이 더 차가운 목소리로 다시 물었다.

"그렇소. 그 물건은 이미 내 손을 떠났소."

"그럼 천수가 가지고 있겠군. 천수는 어디 있는가?"

"천수의 행방을 왜 내게서 찾소?"

토귀가 퉁명스레 대꾸했다. 그러자 마불이 음산한 웃음을
흘린다.

"후후후, 토귀, 말장난은 다른 사람에게나 하라. 나 마불은
그런 장난을 상대해 주지 않아."

그러자 토귀가 슬쩍 숨을 들이쉬며 대꾸했다.

"말장난이라니, 무슨 소리요? 난 정말 천수의 행방을 모르
오."

"우린 용두사에서부터 너희의 흔적을 따라왔다. 일행은 모
두 다섯. 그리고 이곳에서 모두의 흔적이 끊겼지. 천수가 다른
곳으로 가지 않았다는 말이다. 천수는 어디 있는가?"

마불 구르간이 다시 물었다.

"난 모르오."

토귀도 단호하게 말했다. 그러자 마불이 잠시 침묵을 지키
더니 가볍게 오른손을 휘둘렀다.

쾅!

벼락같은 장력이 토귀가 서 있던 곳에 떨어졌다. 토귀의 모
습은 어느새 사라지고 그 자리에는 반으로 갈라진 바위가 남
아 있다. 붉은 기운이 갈라진 바위의 잔재와 함께 하늘로 솟구

쳤다.

"흙 귀신의 재주는 내게 통하지 않는다!"

마불 구르간이 미끄러지듯 움직이더니 이번에는 두 손을 동시에 휘둘렀다. 그러자 순식간에 땅 위에 서너 개의 구덩이가 만들어졌다.

퍼퍼펑!

요란한 소음이 장내를 가득 메웠다. 그러나 어디서도 토귀의 모습은 보이지 않았다.

"쥐새끼 같은 놈이!"

두건에 가려져 있던 마불의 눈이 드러나며 붉은 안광이 쏟아졌다. 그러자 방향을 알 수 없는 곳에서 토귀의 목소리가 들렸다.

"마불, 세상 사람들이 모두 그대를 두려워하지만 난 달라. 그대는 절대 날 잡을 수 없다. 그대에게 잡힐 나였다면 어찌 천하이도라는 명성을 얻었겠는가?"

한껏 득의한 토귀의 목소리에 마불이 고개를 들어 주위를 살폈다. 그러자 자연스럽게 그의 두건이 머리 위로 넘어갔다. 그리고 그 유명한 마불의 얼굴이 온전히 드러났다.

나이는 대략 육십 대 후반으로 보이고 눈에선 붉은 기운이 연신 흘러나왔다. 그야말로 혈인을 보는 듯하다.

"좋아, 재주가 뛰어난 것은 인정하지. 그러나 땅 귀신을 잡지 않아도 천수의 행방을 알 수 있는 방법은 많지."

마불 구르간이 천천히 시선을 돌렸다. 그의 시선이 향한 곳에 궁비영과 중광이 있었다.

"제길!"

중광이 궁비영의 뒤에서 나직하게 투덜거렸다.

"너희는 알고 있겠지, 천수가 있는 곳을?"

구르간이 두 사람을 보며 물었다. 그러자 궁비영이 대답했다.

"우린들 알겠소?"

순간 마불의 붉은 눈이 꿈틀거린다. 아마도 궁비영의 담대한 대응이 의외이면서도 화가 난 모양이다.

"네놈들은 누구냐?"

"보면 모르오? 두 도둑에게 속아 이곳까지 끌려온 멍청한 놈들이지."

"천하이도에게 속았다고?"

"그렇소. 용두사를 터는 일을 도와주면 천금을 주겠다고 해놓고는… 젠장, 천금은커녕 당신을 만났구려."

궁비영의 천연덕스러운 대답에 마불이 의심 어린 시선으로 궁비영을 바라보았다. 그의 눈에서 흘러나오는 안광이 궁비영의 뇌를 관통하는 듯하다.

궁비영이 흠칫 몸을 떨었다. 누구라도 그가 마불의 안광에 충격을 받았다는 것을 알 수 있는 모습이다.

그러나 사실 궁비영은 마불의 안광을 충분히 감당할 수 있었다. 하지만 지금은 마불의 방심을 유도하는 것이 그에게 유리한 상황이므로 일부러 마불의 안광에 충격을 받은 모습을 보인 것이다.

"아무튼 이곳까지 천수와 함께 온 것은 확실하군."

마불이 말했다.

"그렇소. 하지만 그가 어디로 갔는지는 모르겠소. 이곳에 도착하자마자 토귀와 우리를 남겨두고 어디론가 가버렸소."

"또 한 사람은 어디로 갔는가?"

"천수와 함께 갔소."

"그는 누구냐?"

마불이 다시 물었다.

"나도 그게 궁금하오. 도대체 그자가 누군지."

궁비영이 대답했다. 그러자 마불이 다시 의심 어린 표정으로 궁비영을 살폈다.

"대단한 수련을 했구나."

궁비영을 살피던 마불이 나직하게 말했다. 순간 궁비영은 뜨끔한 생각이 들었다. 일부러 약함을 드러냈지만 이자가 어쩌면 자신들의 정체를 알아챌 수도 있다는 생각이 들었다.

"무슨 말이오?"

"너의 얼굴은 긴장했으나 너의 심장은 생각만큼 긴장하지 않았어. 이런 상황에 견뎌낼 수련을 쌓았다는 말이지. 더군다나 나이도 많지 않아 보이고. 궁금하군. 누가 너희를 길러냈는가?"

"자식을 기르는 것이야 아버지의 몫 아니겠소?"

"후후후, 토귀를 따라다니더니 말장난만 배웠구나. 아이들을 다루는 데는 역시 회초리가 최고지."

팟!

마불 구르간이 대붕처럼 장삼을 펼치며 하늘로 날아올랐다. 그러고는 순식간에 궁비영과 중광의 머리 위로 떠오르더니 벼락처럼 장력을 떨쳐 냈다.

쿠우웅!

궁비영은 자신을 향해 날아드는 장력이 공기를 일그러뜨리는 것을 노려봤다. 그러고는 재빨리 검을 뽑아 장력을 좌우로 베어내며 뒤로 물러났다.

펑!

허공에서 궁비영의 검초에 막혀 구르간의 장력이 사방으로 흩어졌다. 그 충격에 궁비영이 서너 걸음 뒤로 밀려났다. 구르간의 장력에 실린 힘은 산을 무너뜨릴 만큼 강력했다.

"일단 피해!"

구르간의 장력에 밀려 훌쩍 몸을 날리며 궁비영이 소리쳤다. 그러자 중광이 재빨리 바위 뒤로 몸을 날렸다.

"데려와라!"

마불 구르간이 명을 내렸다. 그러자 그를 따라온 네 명의 중년인 중 둘이 몸을 날렸다.

"멈춰라!"

궁비영 앞에 귀신처럼 한 명의 중년 사내가 나타났다. 구르간의 명을 받고 움직인 자다.

"후!"

궁비영이 가볍게 한숨을 쉬었다.

"순순히 따라오면 목숨은 건질 수 있을 것이다."

"제길, 호랑이 없는 숲에선 여우가 왕 노릇을 한다더니……."

궁비영이 투덜댔다.

"지금 날 두고 하는 말이냐?"

"마불이라면 몰라도 마졸 따위가 내 앞을 막을 수는 없어."

궁비영이 다시 말했다. 그러자 중년 사내의 눈에서 차가운 살광이 쏟아졌다.

"애송이 놈! 그 한마디로 네놈의 팔다리가 없어질 것이다!"

"흐흐흐, 그럴 만한 재주가 있을까?"

"놈!"

사내가 노기를 참지 못하고 궁비영을 덮쳤다. 순간 궁비영의 얼굴이 차갑게 굳었다.

적을 흥분시키는 일은 일단 성공이다. 이들이 마불 구르간의 수하라면 결코 그 무공이 만만치 않을 터였다. 더군다나 나이로 보아 분명히 마천의 시대와 천변을 겪은 자들이다.

이런 자들을 상대하기 위해서는 심기를 흩뜨리는 것도 좋은 방법이었다.

검에 붉은 기운이 머문다. 마불에게서 무공을 전수받은 것이 분명했다. 그나마 다행인 것은 상대가 검을 쓴다는 것이다.

만약 장법을 썼다면 마불 무공의 정수인 천불마장을 전수받은 것일 테지만, 도검을 쓰는 자라면 마불 무공의 정수를 이어받은 자는 아닐 터였다.

창!

궁비영이 비스듬히 상대의 검을 흘려보낸다. 그러면서 신형을 왼쪽으로 푹 가라앉혔다.

"놈!"

사내가 노성을 토해내며 검을 횡으로 휘둘렀다. 그러자 궁비영의 머리 위로 붉은 검기가 잔영을 남기며 지나갔다.

"에랏!"

궁비영이 허리를 굽힌 채 재빨리 암기를 날렸다.

픽!

검을 들어 자신을 상대하리라 생각한 사내가 궁비영의 암기를 미처 피하지 못하고 옆구리를 허용했다.

"욱!"

사내의 입에서 신음성이 흘러나오면서 그의 중심이 흔들렸다. 그러자 궁비영이 번개처럼 사내의 등 뒤로 타고 올라 목덜미를 내려쳤다.

"큭!"

사내의 입에서 다시 비명이 흘러나오면서 그가 고목처럼 무너졌다. 죽었는지 살았는지는 알 수 없었다. 궁비영에게는 상대의 상태를 확인할 여유가 없었다. 그와 십여 장 떨어진 곳에서 중광이 큰 위험에 빠져 있었기 때문이다.

"와라!"

중광이 살 맞은 호랑이처럼 외쳤다. 이미 몸 곳곳에 상처가 나 있다. 중광은 온전히 무공으로 상대와 싸우고 있었다. 중광과 싸우는 자 역시 성하지는 못했다. 중광의 도를 허용해 곳곳에서 피가 흐르고 있었다.

"놀랍구나! 그 나이에!"

마불의 수하가 중광을 향해 검을 뻗어내며 소리쳤다.

"흐흐, 당신도 대단하군! 일개 마졸인 줄 알았는데!"

"천하의 격변을 모두 거친 나다! 너 같은 애송이에 비할까!"

"그런데 왜 아직 날 제압하지 못하지?"

"걱정 말거라! 이제 그 입을 막아주마!"

마불의 수하가 중광의 입을 노리고 검을 뻗었다. 그러자 중광이 입을 다물며 재빨리 허리를 뒤로 젖혔다. 순간 사내가 왼손을 허공으로 들어 올렸다. 그의 손에 붉은 기운이 모인다. 이자는 마불로부터 장법을 전수받은 것이 분명했다.

"죽어랏!"

사내가 중광의 가슴을 내려쳤다.

"젠장!"

중광이 재빨리 몸을 틀며 땅을 굴렀다.

퍼퍼펑!

연이어 세 번의 장력이 중광이 구르는 곳을 가격했다. 장력이 아슬아슬하게 중광의 옷자락을 스치며 땅을 두드렸다.

"더 이상 도망갈 곳은 없다!"

어느새 중광이 등이 커다란 바위에 닿았다. 그러자 중광이 벌떡 자리를 박차고 일어났다. 순간 그의 얼굴로 붉은 장력이 닥쳐들었다.

"헉!"

중광이 재빨리 고개를 틀었다.

쾅!

그의 목덜미를 스치고 지나간 장력이 바위에 큰 흠을 남기며 흩어졌다.

"끝이다!"

장력을 피해낸 중광의 복부로 사내의 검이 파고들었다. 장력과 거의 동시에 날아온 검이므로 중광이 검을 피하기는 어려워 보였다. 죽지는 않아도 중상은 피할 수 없는 상황. 그런데 그때 검을 든 사내의 팔을 향해 한 줄기 빛이 날아들었다.

퓻!

"악!"

사내가 자신도 모르게 비명을 질렀다. 그의 눈에 자신의 팔이 검을 쥔 채 땅 위에 나뒹구는 것이 보였다.

"에랏!"

혼이 나간 사내를 향해 중광이 도를 휘둘렀다.

"큭!"

중광의 도를 피하지 못한 사내가 그대로 고꾸라졌다.

"야, 이 미친놈아!"

사내의 팔을 베어 중광을 구한 궁비영이 중광에게 욕설을
퍼부었다.

"왜 그래?"

"이 멍청한 놈! 이 상황에 정면으로 적과 싸우길 고집해?"

"제길, 한번 붙어보고 싶었다고. 그리고… 어쨌든 죽지는 않
았을 거야."

"그럴 거면 애초에 흑성이 되지 말았어야지. 무명도에서 한
수련은 이럴 때 써먹으라고 배운 거야!"

"그렇긴 하지."

중광이 시무룩하게 고개를 끄덕였다.

"움직여. 일이 어찌 되나 살펴야지."

궁비영의 말에 중광이 꾸중 들은 아이처럼 아무 대꾸도 하
지 못하고 궁비영의 뒤를 따랐다.

제4장
두 명의 라마

"어찌 된 일이냐?"

궁비영과 중광을 잡으러 간 수하들이 돌아오지 않자 마불 구르간이 노한 기색으로 물었다.

"가보겠습니다."

수하 중 한 명이 말하자 구르간이 가볍게 고개를 끄떡인다. 그러자 입을 열었던 수하가 그 자리에서 사라졌다.

그런데 잠시 후, 사라졌던 마불의 수하가 당황한 얼굴로 구르간 앞에 나타났다.

"일이 생겼습니다."

"무슨 일이냐?"

마불이 슬쩍 고개를 든다. 그러자 다시 그의 눈이 적광을 흘려낸다.

"이궐과 구사가 당했습니다."

"뭐라 했느냐?"

"시신으로 남아 있었습니다."

수하가 대답했다.

"그놈들이… 보통 놈들이 아니었던가?"

마불은 수하가 죽었다는 말을 듣고 분노보다는 궁비영과 중광에 대한 호기심을 드러냈다.

"아무래도 오늘은 그냥 돌아가심이……."

"불가!"

마불 구르간의 단호한 대답에 그의 수하가 두려움을 드러내며 뒤로 물러났다. 그러자 구르간이 다시 말했다.

"분명 이곳에 천수가 있다. 그렇지 않다면 놈들이 이곳에 머물 이유가 없어. 그러니 이 장소가 바로 길목이란 뜻. 길목을 지키고 있으면 사냥감은 반드시 나타난다. 후대에 전하라."

"명을 받듭니다."

"선마(仙魔) 스물을 호출한다. 이곳에서 쥐새끼 한 마리 빠져나갈 수 없게 하라 이르라."

"알겠습니다."

마불의 수하가 고개를 숙여 보이고는 전서구를 준비하려는데 문득 공터 안쪽 어두운 곳에서 한 사람의 목소리가 들려왔다.

"사백은 그러실 필요 없습니다."

순간 마불도 그의 수하도 움직임을 멈췄다.

"사백, 오랜만입니다."

어둠 속에서 계속 말소리가 흘러나오더니 한순간 목불 살자이가 모습을 드러냈다. 그러자 마불의 표정이 기이하게 변했다. 그건 마치 도둑질을 하다 들킨 사람과 같은 표정이다. 마불이 그런 표정을 지을 수 있다는 것이 신기할 정도이다.

"목불……!"

"사백, 좋아 보이시는군요."

목불 살자이가 가볍게 합장을 해 보인다. 그러자 마불 구르간이 아미를 모으며 말했다.

"참으로 얄궂은 만남이군."

"그렇군요."

"자네가… 무량보를 취했나?"

"그렇습니다."

"음…….."

마불 구르간이 침음성을 흘렸다. 그러자 목불이 말했다.

"무량보는 이미 제 손에 들어왔으니 천하의 그 누구도 다시 취할 수 없을 겁니다. 수하들을 물리고 저와 오랜만에 회포나 푸시지요."

"무량보를 지킬 수 있다고 자신할 수 있나?"

"어찌 사백 앞에서 그런 자신을 할 수 있겠습니까? 하지만 제게는 두 가지 믿는 구석이 있지요."

"목불이 무엇인가에 의지한다는 것이 의외군."

마불이 말했다. 진심으로 하는 말이다. 그러자 살자이가 빙그레 미소를 지으며 말했다.

"다른 누구도 아닌 사백을 상대하는 일입니다. 어찌 방심하겠습니까?"

"좋아, 자넨 항상 신중한 사람이었지. 말해보게. 믿는 바가 무엇인가?"

"하나는 사백의 마음입니다. 설마 사백께서 제게 살수를 쓸 거라고는 생각지 않습니다."

살자이의 말에 구르간이 얼굴을 찌푸렸다.

"자네는 항상 내게 지나친 기대를 했어. 알다시피 난 마천의 마두일세. 어찌 과거의 인정에 얽매이겠는가. 첫 번째 의지처는 기대하지 말고 두 번째 의지처를 말해보게."

"제가 무량보를 취한 사실은 아마도 머지않아 서장에 전해질 것입니다. 애초에 무량보가 서장의 물건이니 라마들께서도 기뻐하시겠지요. 그런데 제가 사백께 죽임을 당하고 무량보를 잃는다면 아마도 마천의 시대에조차 강호에 출도하지 않았던 서장의 대라마들께서 중원으로 오실 겁니다. 그 일을 감당하실 수 있겠습니까?"

목불 살자이가 물었다.

"어두운 밤 중원의 깊은 산속에서 일어난 일을 그들이 어찌 알까?"

"사백께서는 이미 토귀를 놓쳤고, 또 다른 친구들도 놓치지 않으셨습니까?"

"음……."

마불 구르간이 나직한 침음성을 흘렸다. 틀린 말이 아니다. 토귀는 물론 궁비영과 중광도 놓친 구르간이다.

"내가 서장의 늙은 중들을 두려워하지 않는다면?"

"그 말은 믿을 수 없군요. 서장의 노라마들께서 나오신다면 적어도 사백은 데려갈 수 있을 겁니다."

목불 살자이의 말에 구르간은 더 이상 대답을 하지 못했다. 아마도 목불의 말을 인정하는 듯했다.

"후후, 좋아. 육마의 회합을 앞두고 나도 준비가 필요했지. 천하이도를 제압해 월곡에서의 원한을 풀고, 무량보를 회수해 마천의 힘을 배가할 수 있는 근거를 마련하려던 내 계획은 포기해야겠군."

"결국 마천이 다시 모이는군요."

살자이가 어두운 기색으로 말했다.

"야망이란 놈은 모든 상술기를 하나로 모으니까. 나로서는 육마의 회합 전에 내세울 만한 결과가 필요했네."

"천변의 역사는 되풀이될 것입니다."

"그럴지도 모르지. 하지만 인간은 내일 죽어도 오늘의 야망으로 사는 존재일세."

"사백, 그것은 부처의 가르침에 어긋나는 말입니다. 부처께서는 바로 그 욕망의 끊음을 가르치신 것 아닙니까?"

"내가 부처의 도에서 벗어난 것은 이미 오래전의 일일세. 그래서 하늘도 보지 않고 살려고 두건까지 쓰고 다니지 않는가."

"사백, 과거의 일일랑은 그만 잊으시고……."

"되었네. 자네 역시 부처의 길에서 잠시 벗어난 적이 있지 않던가."

"그것은……."

살자이가 제대로 대답을 하지 못했다.

"자네의 연정과 나의 야망이 다르다 말하지 말게."

"사백……!"

"후회는 없어. 무간지옥에 간다 한들 나로선 최선을 다해 살아가는 것이니까. 아무튼 오늘은 그냥 돌아가겠네. 하지만 다음번에도 물러날 거라고는 생각지 말게. 마천은 거대해. 서장의 라마들도 마천에 비하면 한 줌의 물에 지나지 않는다네."

"그러나 그 한 줌의 물이 거대한 성을 무너뜨리는 단초가 될 수도 있지요."

"후후! 사제도 많이 영악해졌군."

마불이 씁쓸한 미소를 짓는다.

"나이가 들었다고 해야겠지요."

"좋아, 어쨌거나 나로선 서장의 라마들이 두렵지 않네. 한편으로는 보고 싶기도 하군. 그러니 부디 그들보고 강호의 대전장에 나와보라고 하게. 내가 서장에 있을 때부터 누누이 설득했듯이 말이야. 그럼 가겠네."

마불 구르간이 작별을 고하고는 가볍게 손을 흔들었다. 순간 그의 손에서 투명하리만치 붉은 기운이 생겨나더니 벼락처럼 살자이를 향해 폭사했다.

"사백, 예나 지금이나 장난이 심하시구려."

살자이가 재빨리 오른손을 앞으로 내밀었다. 그러자 그의 다섯 손가락에서 투명한 지력이 뻗어 나와 자신을 향해 닥쳐드는 마불의 붉은 장력에 파고들었다.

퍼퍼펑!

마불의 장력과 살자이의 지력이 마주치는 순간 맹렬한 파공음이 일어나며 사방으로 붉은 기운이 퍼져 나갔다.

"목불 자네의 무공은 또다시 진보했군. 이젠 세상의 그 누구도 자네의 천강지를 감당하기 힘들 것 같아."

어느새 장내에서 사라진 마불의 목소리가 숲의 저 멀리서 은은하게 들려왔다.

"사백의 천불장이야말로 더 이상 오를 곳이 없겠군요."

살자이가 대답했다.

"하하하, 자네에게는 여전히 천불장인가? 사람들은 이제 나의 상력을 전물마상이라고 부른다네."

"제게는 언제나 천불장입니다."

살자이가 대답했다.

"고마운 일이지."

마불의 나직한 뇌까림을 끝으로 그의 목소리는 더 이상 들려오지 않았다. 그러자 살자이도 긴장을 풀며 중얼거렸다.

"인연의 끈은 이토록 질긴 것이군. 후……."

마불이 사라지자 장내에 가장 먼저 모습을 드러낸 것은 토귀었다.

"그는 정말로 간 것이오?"

토귀가 목불 살자이에게 물었다.

"비록 마천에 몸을 담고 있지만 허언을 할 분은 아니오."

"그가 서장 출신이란 소문이 사실이었구려."

"그렇소. 그는 젊은 시절 서장에서 라마로 성장했소."

"그런데 왜 마천에 몸을 담게 된 것이오?"

"그건 내가 입에 담을 일은 아닌 것 같소."

"아, 뭐 사람마다 사정은 있게 마련이니까. 사실 나도 도둑이 되려고 해서 된 것이 아니라……."

토귀가 자신의 처지를 구구하게 입에 올리려는데 궁비영과 중광이 나타나며 그의 말을 막았다.

"무사했군."

목불 살자이가 궁비영과 중광을 보며 말했다.

"마천의 마졸에게 당할 우리는 아니지요."

"그들은 어찌 되었나?"

"하나는 죽은 것이 확실하고 나머지 하나는 모르겠습니다."

궁비영이 말했다. 팔이 잘리고 목이 베인 자는 반드시 죽었을 것이다. 그러나 자신이 먼저 상대한 자는 죽을지 살지 알 수 없었다.

"비정하게 손을 쓰면 자신의 운명도 그리된다네."

"마천의 마졸에게도 아량을 베풀라는 말입니까?"

중광이 불만스런 표정으로 물었다. 그러자 목불이 고개를 저으며 말했다.

"마천이라고 어찌 마인만 있을 것이고, 구천맹이라고 어찌 선한 자만 있겠는가?"

"그것이 서장의 라마들께서 마천의 시대에 강호에 나오지 않은 이유니까?"

중광이 물었다. 사실 마천이 강호를 도륙하는 시절에 구천맹은 여러 번 서장의 라마들에게 도움을 청했다. 그러나 서장의 라마들은 강호에 출도하지 않았다.

"이유야 여러 가지가 있네. 그러나 구천맹의 행사가 언제나 옳은 것은 아니지."

"뭐, 그렇게 생각하신다면 어쩔 수 없는 일이지요."

중광이 조금은 불만스런 표정으로 말했다. 그러자 토귀가 어색해진 분위기를 돌리려는 듯 서둘러 물었다.

"전대 천수는 어떻소이까?"

"괜찮소."

"아, 다행이구려."

"하지만 얼마간의 시간이 필요할 것이오. 워낙 오래 병석에 누워 있었으니."

"그렇겠지요."

토귀가 고개를 끄덕였다. 그러자 궁비영이 말했다.

"우리에겐 기다릴 시간이 없소."

"강제로라도 끌고 가겠다는 건가? 병을 앓는 환자를?"

토귀가 화난 표정으로 물었다. 그러자 궁비영이 목불에게 물었다.

"천수가 곁에 있어야 합니까?"

"꼭 그런 것은 아니지만 아마도 천수는 절대 전대 천수의 곁을 떠나지 않을 거네. 아픈 사람을 홀로 두고 갈 수는 없는 일이지."

"스님께서는……?"

"후후, 설마 내가 남아서 전대 천수를 보살필 거라 생각하는가?"

목불 살자이가 웃으며 물었다.

"하긴 그렇군요."

궁비영이 고개를 끄덕였다. 그러자 중광이 말했다.

"시간이 많지 않아. 전대 천수가 회복하기를 기다리고 있을 수는 없어."

중광의 말에 궁비영이 잠시 생각에 잠겼다가 토귀에게 물었다.

"그를 만나러 갈 생각은 있소?"

"약속은 약속이니까."

토귀가 대답했다.

"좋소, 그럼 갑시다."

"천수는 놓아두고?"

"당신과 이야기하면 결국 천수의 귀에도 들어가는 것 아니오?"

"하지만 그렇다고 내가 천수의 행보를 결정할 수는 없네."

"뭐… 그야 내 알 바 아니오. 아마 오죽노도 당신만 데려온 것을 탓하지는 않을 거요. 오지 않겠다면 데려가기 힘든 사람들이란 걸 알 테니 말이오."

"흐흐흐, 우리의 실력을 이제 알겠는가?"

토귀가 나직하게 웃음을 흘린다.

"살아 있는 그대들을 데려가는 것이 어렵다는 것이오."

"젠장, 그럼 죽여서는 쉽고?"

"그야 상상에 맡기겠소."

궁비영이 냉정하게 대답했다. 그러자 토귀가 궁비영을 노려보다 입을 열었다.

"좋아, 가지."

"잘 생각했소."

"흥, 어찌 되든 이번에는 그자의 생각대로 움직이지 않을 테니까. 나도 예전의 내가 아니니."

"그야 아무래도 좋소. 우린 당신을 데려가면 그뿐이니까."

궁비영이 심드렁하게 대답했다.

"강호의 정세가 심상치가 않네."

길이 갈라지는 곳에서 목불 살자이가 궁비영에게 말했다.

"산중에서도 세상의 소식은 듣고 계시나 보군요."

"하하, 그래서 풍문이라지 않던가. 산중에도 바람은 불지."

살자이가 빙그레 미소를 지었다.

"선사께서는 관여치 않으실 겁니까?"

"나야 세상을 떠난 사람이니."

"하지만 청마표국의 일에는 관여하지 않았습니까?"

"음, 그건 과거 사람에 대한 정 때문이라네."

"그럼 앞으로도 계속 청마표국의 일에 관여하실 겁니까?"

"그렇지는 않을 걸세. 서하왕의 보물을 찾게 해주는 것으로 그들과의 인연은 끝났다고 할 수 있지. 아마 청마표국주 역시 더 이상 날 찾지 않을 걸세. 그 양반은 나와의 인연을 달가워하지 않지. 물론 소국주는 다를 수도 있지만, 소국주가 구천맹과 밀접한 인연을 맺은 이상은 더 이상은……."

살자이의 말에 궁비영이 잠시 생각에 잠겼다가 물었다.

"청마표국의 소국주가 봉황문주의 문외제자라고 들었습니다만 이상한 일이더군요."

"뭐가 말인가?"

"지난번 서장행은 청마표국은 물론 구천맹에게도 무척 중요한 표행이었지요. 그런데 위 소국주의 사문이랄 수 있는 봉황문의 도움이 없었습니다."

"음, 그건 자네가 한 가지 사실을 모르고 있기 때문일세."

살자이의 말에 궁비영이 고개를 돌려 그를 보았다. 그러자 살자이가 잠시 망설이다가 입을 열었다.

"소국주가 단순히 봉황문의 문외제자일 뿐이라면 그렇겠지만 소국주에게는 알려지지 않은 또 다른 신분이 있네."

"당문의 사람이 될 수도 있다는 말은 들었습니다."

"아니. 소국주는 절대 당문의 사람이 되지 않을 것이네."

"그럼 또 다른 신분이란 건 뭡니까?"

궁비영이 의아한 표정으로 물었다.

"소국주는… 오죽노의 사람일세."

"예?"

궁비영이 화들짝 놀라 되물었다. 위소아가 오죽노의 사람이라니. 그동안 궁비영은 오죽노에게서든 위소아에게서든 그런 기색을 눈치채지 못했다.

"세상은 그 사실을 모르지. 그러나 위 소국주는 분명 오죽노의 제자네."

"어떻게 그런 일이……? 하면 봉황문주의 제자로 알려진 것은 무슨 이유입니까?"

"봉황문주도 알고 있는 일이네. 사실 소국주가 봉황문주의 문외제자가 된 것도 오죽노의 각별한 부탁이 있었기에 가능한 일이었지."

"음, 그렇군요."

하긴 처음부터 이해하기 힘든 일이었다. 아무리 청마표국이 사천삼상으로 불리는 부귀한 가문이라 해도 소국주를 봉황문주의 제자로 만드는 일은 그리 쉬운 일이 아니었다. 하지만 오죽노가 힘을 쓴다면 충분히 가능한 일이었다.

"소국주가 오죽노의 제자인 이상 내가 청마표국의 일에 관여할 일은 더 이상 생기지 않을 걸세. 이번에도 사실은 그저 서하왕의 유물이 숨겨진 곳의 지도가 필요했을 뿐이지 내 무공을 필요로 하진 않았을 것이네."

"오죽노의 제자라……."

궁비영이 고개를 저으며 중얼거렸다.

"왜, 언짢은가?"

"갑자기 구천맹이 아니라 오죽노를 위해 일을 한다는 느낌이 드는군요."

"후후후, 그럴 만도 하지. 또 어찌 보면 당연한 일이기도 하고."

살자이가 대답했다.

"당연하다고요?"

"그렇다네. 흑성을 만든 것이 오죽노네. 그러니 당연히 흑성은 그를 위해 움직이지 않겠는가?"

"그건……. 이런, 이제 보니 그 늙은이 속에 다른 꿍꿍이가 있었군요."

"하하, 명석한 자네가 이제야 그걸 눈치챘나? 사실 오죽노에게는 간절한 일이지, 흑성의 존재가. 만약 흑성이 존재하지 않는다면 오죽노는 그야말로 구천맹의 아홉 가문에 고용된 일개 책사에 지나지 않을 걸세. 그러나 자신이 움직일 수 있는 무서운 힘, 흑성의 존재로 인해 그는 아홉 가문의 문주들에 비견되는 실력자가 될 수 있는 거네."

살자이가 말했다. 그러자 궁비영이 어두운 안색으로 침묵을 지키다가 물었다.

"그에게 야심이 있다고 보십니까?"

"야심이야 누구에게나 있지."

살자이가 대답했다.

"그런 의미로 여쭌 것이 아니라는 것을 알고 계시지 않습니까?"

궁비영이 다시 물었다. 그러자 이번에는 목불 살자이가 잠시 침묵을 지켰다. 그리고 한참이 지난 후에야 어렵사리 입을 열었다.

"그는 분명 야심이 있는 인물이네. 하지만 야심이란 것이 간혹 좋게 쓰일 때가 있어. 예를 들어 마천과의 싸움 같은 경우가 그러하네. 야심이 없었다면 오죽노가 그 싸움에 뛰어들 이유가 없었지. 다시 말해 그의 야심 덕분에 마천을 물리칠 수 있었던 것이네."

"지금도 그의 야심이 필요한 때입니까?"

궁비영이 물었다.

"아직은 그러하네. 천하는 안정되지 않았어. 다만 그의 야심이 마천외 미두들과는 조금 다르길 바랄 뿐이네. 그저 구천맹을 실질적으로 움직이는 실력자 정도로 만족하길 바라는 것이지."

"그렇지 않다면 어찌 됩니까?"

"또 한 번의 혈란이 일어나겠지. 물론 그때는 외부와의 싸움이 아닌 구천맹 내부의 싸움이 되겠지만. 하지만 나로선 뭐, 상관없네. 그 싸움의 승자가 누가 되든. 단지 내가 걱정하는 것은 자네들이네."

"무슨 말씀인지 알겠습니다."

궁비영이 무겁게 대답했다.

"지난 시절의 흑성들이 죽어간 것이 단지 천하 대의를 위해서만은 아니란 것을 명심하게."

"구천맹 절대자들의 사사로운 이득을 위해서도 쓰였겠지요."

"맞네. 난 자네들은 전대 흑성들과는 다른 운명으로 살았으면 하는 마음이네."

"세상일이 원하는 대로만 되지는 않지요."

궁비영이 씁쓸한 표정으로 말했다.

"그렇긴 하네만, 아무튼 조심하게. 강풍이 불면 가장 앞선 가지가 먼저 상하는 법일세. 가능한 몸을 낮추게."

"충고 감사합니다."

"그럼 난 가보겠네."

"중원에 계실는지요."

"글쎄, 무량보를 본 교에 전하는 것도 중요한 일이기는 하나 모르겠네."

살자이의 얼굴에 갈등이 보인다. 그러자 궁비영이 말했다.

"다시 뵙기를 기대하겠습니다."

"하하하, 나 역시 마찬가지네. 그럼 가보게."

한순간 살자이의 신형이 사라졌다. 볼수록 놀라운 무공을 지닌 인물이다. 그런 인물과의 인연이 새삼스레 신기하게 느껴진다.

"가자."

조금 떨어진 곳에서 중광이 궁비영을 부른다. 그러자 궁비영이 중광과 토귀가 있는 곳으로 걸어갔다.

"도대체 그와는 어떤 사이들이오?"

토귀가 슬쩍 물었다.

"알 것 없소."

궁비영이 냉담하게 대답하고는 걸음을 옮겼다.

"원, 젊은 사람이 각박하기는. 누가 흑성 아니랄까 봐."

토귀가 혀를 찬다.

*   *   *

천하이도를 데려오기 위해 잠시 떠나 있는 사이 성도의 사정은 많이 변해 있었다.

그 변화 중 가장 극적인 것은 사천삼상의 부활이었다. 얼마 전만 해도 곧 폐문에 이를 것 같던 사천삼상이 한순간 성도 상계의 분위기를 장악하고 있었다.

특히나 연이은 표행의 실패로 몰락 일보 직전까지 갔던 청마표국은 그간의 표행 실패로 책임져야 할 채무를 일거에 보상하고 다시금 강호에서 뛰어난 표사들을 받아들이고 있었다.

청마표국이 살아나자 그들로 인해 많은 손해를 보았던 다른 두 상가, 금호문과 장자가도 더불어 회생했다. 청마표국으로부터 막대한 금자를 보상받아 오히려 이전보다 더 풍부한 재물을 축적했다는 소문이 파다하게 돌았다.

기이한 일이었다. 서하왕의 보물은 분명 암중의 세력에게 탈취당했는데 도대체 그 막대한 자금을 어떻게 조달했는지 모를 청마표국이었다.

사람들은 서역의 상행에서 큰 이득을 보았다고 말하지만 그 내막을 알고 있는 사람들에게는 의문일 수밖에 없는 일이었다.

반면 구화방은 조용했다. 마치 흐름을 멈춘 물처럼 구화방은 더 이상의 상권 확대를 하지 않고 현상을 유지하는 것에 집중하고 있었다. 마치 그들은 부활한 사천삼상과 사천의 상권을 두고 한판 결전을 준비하는 듯한 모습이었다.

그래서 사람들은 이제 사천의 상권을 두고 벌어질 네 가문의 경쟁을 호기심 가득한 마음으로 기대하고 있었다.

사람의 마음을 쓸쓸하게 만드는 소쩍새 울음소리가 멀리서 들려왔다. 인적 없는 숲에 한 채의 장원이 덩그러니 서 있다. 번성하던 시절 사천삼상은 성도 곳곳에 장원들을 확보해 놓았는데 이곳 역시 그중 한곳이었다.

"다 왔소."

궁비영이 잠시 걸음을 멈추며 말했다. 그러자 토귀가 주위를 돌아보며 중얼거렸다.

"조용하군."

"그럼 싸움이라도 일어날 줄 알았소?"

중광이 퉁명스레 물었다.

"그게 아니라 적어도 오죽노가 거처하는 곳이라면 경비가 삼엄할 줄 알았지. 그는 마천과 유령문 모두에게 제일 적이니까."

"유령문도 아시오?"

궁비영이 의외라는 듯 물었다.

"그대야말로 의외구려. 유령문을 아시오?"

"그 후예라는 사람들을 몇 번 본 적 있소."

"음, 그 말이 사실이었군. 유령사들이 다시 활동을 시작했다고 하더니."

토귀가 고개를 끄덕인다.

"그들은 어떤 자들이오?"

궁비영이 넌지시 물었다.

"누구 말인가?"

토귀가 되물었다.

"유령문 말이오."

"음, 글쎄. 비운의 귀재들이라고 할까?"

"비운이라……. 맹 내에서는 그들을 마천과 같은 무리로 취급하더이다만."

"흐흐흐, 이거 생각보다 능청스럽구려. 이미 그들이 마천과는 다른 사람들이란 걸 알고 있을 텐데 말이오. 그들을 만나보았다면 모를 리 없지."

토귀가 실소를 흘린다.

"그래서 묻는 것이오. 내가 본 그들과 맹의 평가가 서로 달라서 말이오."

"이보시오, 젊은 양반."

토귀가 불쑥 궁비영의 얼굴 앞으로 다가든다. 궁비영이 본능적으로 뒤로 물러났다.

"사람을 너무 믿지 마시오. 특히나 구천맹 사람들은 말이오. 그들은 거짓말을 밥 먹듯이 하는 자들이오."

"흥, 자신이 원하는 것을 얻지 못했다고 함부로 말하는 것이오?"

듣고 있던 중광이 토귀를 타박했다. 그러자 토귀가 한발 뒤로 물러나며 웃음을 흘렸다.

"흐흐, 오직 보려는 자에게만 보이는 것이 있지. 유령문으로 말하자면 맹이 그들을 배신했을지언정 그들이 맹을 배신한 것은 아니오. 나 역시 마찬가지지."

"그게 무슨 소리요?"

궁비영이 재빨리 물었다. 그러자 토귀가 무슨 말인가를 하려다가 이내 입을 닫으며 중얼거렸다.

"내가 지금 무슨 짓을 하고 있는 거지? 오죽노를 만나러 왔으면서 그가 보낸 사람들 앞에서. 자자, 들어갑시다."

외려 토귀가 길을 재촉했다.

"유령문에 대한 이야기를 좀 더 듣고 싶소."

"난 싫소. 그 이야기를 하면 내가 위험해질 수 있으니까. 알고 싶거든 오죽노에게 직접 물어보시오."

토귀가 단호하게 고개를 저었다. 궁비영은 더 이상 그의 입을 열 수 없다는 것을 깨닫고는 나직하게 한숨을 쉬며 장원으로 들어갔다.

"어서 오게. 기다리고 계시네."

의외의 인물이 궁비영 일행을 맞이했다. 이관주 단정이다.

"관주께서도 오셨군요."

궁비영과 중광이 가볍게 고개를 숙여 보였다.

"사천의 일이 심상찮아서 말일세."

단정이 말했다. 그러고는 그의 시선이 토귀에게로 향했다.

"오랜만이오."

"흠, 단 노사도 잘 지내셨소?"

아마도 두 사람은 이전에 안면이 있던 모양이다.

"나야 맹의 일에 붙잡혀 살았지만 그대는 여전히 밤이슬을 맞고 다닌다는 소문이 있더구려."

"흐흐흐, 천성이 쉽게 변하겠소?"

"그래, 무량보는 취하셨소?"

단정이 묻자 토귀의 표정이 묘하게 변했다. 노한 것 같기도 하고 허탈한 듯 보이기도 했다.

"오죽노의 솜씨는 명불허전이지."

토귀가 중얼거렸다.

"그분이 아니라면 어찌 무량보의 위치를 그대들에게 알려 줬겠소."

"우리를 불러내기가 쉽지 않으니 무량보를 이용해 용두사로 오게 하고 사람을 보내 우리를 데려온다……. 그냥 한번 보자 하면 될 걸 오죽노는 일을 참 복잡하게 만드는 성격이 있으시구려."

그때였다. 문득 장원 안쪽에 있던 작은 기와집 문이 열리면서 한 사람이 밖으로 나왔다.

"내가 초대했다면 순순히 오셨겠소?"

그러자 사람들의 시선이 일제히 목소리의 주인공에게로 향했다. 오죽노가 거기 서 있었다.

"오랜만에 뵙습니다, 오죽노."

"그렇구려. 근 사오 년 만인가?"

"그렇지요. 마곡산에서 뵙고는 마지막이니……."

순간 오죽노의 표정이 살짝 변한다. 그러다가 다시 얼굴에 미소를 띠며 말했다.

"그 일에는 워낙 복잡한 인연이 얽혀 있어서……."

"그렇지요. 말로 설명하기 어려운 일들이 벌어졌지요."

"그래, 그동안 날 피한 이유는 무엇이오?"

오죽노가 화제를 바꾼다. 그러자 토귀가 나직하게 웃음을 흘리며 대답했다.

"흐흐, 그런 일을 겪고서야 어디 무서워서 노사 곁에 있을 수 있어야지요."

"생각보다 담이 작구려. 천하의 보물을 자신의 것처럼 훔치고 다니는 사람이."

"저야 보물을 훔치지만 정말 무서운 사람은 목숨을 훔치지요."

토귀가 웃음기 없는 표정으로 말했다.

"눈에 보이는 것이 다가 아니오."

오죽노가 말했다.

"그러나 또한 보고 겪은 것이 가장 확실한 것이지요."

"음, 그 이야기는 나중에 하도록 하고 들어갑시다."

오죽노가 토귀를 방으로 청했다. 그러자 토귀가 고개를 저으며 말했다.

"달빛도 좋고 바람도 시원하니 답답한 방보다야 이곳이 낫지 않겠습니까?"

토귀의 말에 오죽노가 실소를 흘린다.

"여전히 조심성이 많구려."

"땅이 있어야 제가 숨을 쉬지요."

토귀가 사라졌던 웃음을 되찾으며 말했다.

"좋수, 이곳에 찻상을 준비해 주게."

오죽노가 뒤를 돌아보며 말하자 어둠 속에서 누군가가 대답했다.

"알겠습니다, 대인."

"난 차보다는 술이 좋은데……."

토귀가 재빨리 말했다.

"술도 한 병 가져오고."

오죽노가 다시 명을 내린다.

"그러겠습니다."

"이거 고맙습니다."

"날 만나러 와준 것이 외려 고맙소. 그나저나 수고들 했
네."

오죽노가 궁비영과 중광을 보며 말했다.

"일이 끝났으면 저희들은 물러나 있겠습니다."

"음, 그러시게. 자네들의 거처는 동편 초가일세."

오죽노가 손을 들어 그가 나온 기와집 오른편에 있는 초가
를 가리켰다.

"그럼……."

궁비영이 고개를 숙여 보이고는 서둘러 초가 쪽으로 움직였
다. 그러자 그 모습을 보고 있던 토귀가 나직한 목소리로 말했
다.

"제가 알고 있는 한 사람과 무척 닮았군요."

"그의 아들이오."

오죽노가 아무렇지도 않게 말했다. 그러자 토귀가 인상을
찡그리며 말했다.

"잔인하시군요."

"내가 한 일이 아니오. 북산 제룡가에서 결정한 일이지. 흑
성의 재목은 구천맹 각 파의 수장들이 정하는 것, 내가 관여할
바는 아니오."

"그러나……."

토귀가 무슨 말을 하려다가 말고 고개를 저으며 입을 닫았
다. 그러자 오죽노가 냉정한 표정으로 말했다.

"확실히 해둘 것이 있소. 그는 유령들과 너무 가까웠소. 선을 넘었다는 말이오."

"그건 유령문을 적으로 지목했을 때의 문제지요. 그들을 적으로 돌리지 않는다면 그게 무슨 상관입니까?"

"그들은 위험한 자들이었소. 언제라도 그들이 마음을 바꾸면 구천맹은 다시 나락으로 떨어질 수 있었단 말이오."

"이미 마천을 배신하고 구천맹과 손을 잡은 사람들입니다."

"한 번 배신한 자는 반드시 두 번도 배신하는 법이오."

오죽노가 차갑게 말했다. 그러자 토귀가 오죽노를 바라보며 물었다.

"그 말은 오죽노께도 해당되는 말입니까?"

순간 오죽노의 얼굴에 당황한 빛이 보인다. 하지만 그도 잠시, 금세 얼굴색을 회복한 오죽노가 한숨을 쉬며 말했다.

"무량보는… 마물이오. 그 위험을 나는 나중에 알게 되었소. 해서 그대에게 줄 수 없던 거요."

"그 말이 진심이기를 바랍니다."

"그런데 전대 천수는 어떻소?"

"다행히 기력을 회복했습니다."

"음, 날 많이 원망하겠구려."

오죽노가 물었다. 그러자 토귀가 고개를 저었다.

"그렇지 않습니다."

"날 원망치 않는단 말이오?"

"그녀는 대인을 원망하지 않습니다. 대신 날 원망하지요. 애초부터 그녀는 구천맹의 일에 천하이도가 관여하는 것을 반대했습니다. 물론 대인도 믿지 않았지요. 그러니 실망할 것도 없는 겁니다. 단지 고집을 피워 자신을 강호의 일에 끌어들인 날 원망할 뿐."

"내가 그렇게 신뢰가 없는 사람인지 몰랐구려."

"그 문제는 대인 스스로 답할 문제지요."

토귀의 대답이 차갑다. 그러자 오죽노가 씁쓸한 표정을 지어 보인다. 그 와중에 차와 술이 놓인 상이 두 사람 앞에 도착했다. 덕분에 두 사람의 날카로운 대화가 중간에 끊겼다.

궁비영과 중광은 초가의 마루에 앉아 멀리서 술과 차를 마시는 오죽노와 토귀를 바라보고 있었다.

"생각보다 친한 모양이다."

중광이 말했다.

"그러게 말이야. 데려올 때는 철천지원수처럼 말하더니."

"애증이란 게 있지."

중광이 중얼거렸다.

"어이구! 네놈 입에서 그런 소리가 나오다니 나이를 먹기는 한 모양이구나."

"흐흐흐, 우리야말로 애증의 관계지."

"너와 내가?"

"그래."

"무슨 뚱딴지같은 소리냐?"

"난 널 좋아해. 하지만 가끔 네 무공을 보면 부아가 치밀어 올라. 똑같이 수련했는데 왜 차이가 나는 걸까 하고 말이야. 그 마천의 마두들을 상대할 때도 그래. 두 놈의 실력은 비슷했는데 난 네 도움으로 겨우 이겼잖아."

퍽!

순식간에 궁비영의 주먹이 중광의 머리통을 후려쳤다.

"이 멍청한 놈아, 그건 네놈이 무명도에서 수련한 무공을 쓰지 않았기 때문이지."

"제길, 그걸 썼다고 해도 너처럼 그렇게 빨리 승부를 내지는 못했을 거야."

"그래서 날 미워한다는 거냐?"

"미워한다기보단 가끔 자괴감에 빠질 때가 있다는 거지."

"애증이란 말을 쓰기엔 좀 약한데?"

"히히, 그렇긴 해. 난 세상에서 네놈이 제일 좋으니까."

중광이 실실거리며 웃었다. 그런데 그때 문득 한 사람이 나타났다. 이관주 단정이었다.

"두 사람, 시간 좀 내주겠나?"

"그러지요. 무슨 일이십니까?"

"음, 잠시 나를 따라와 보게."

"어디로……?"

"도주께서 나와 계시네. 두 사람을 보고 싶어 하시더군."

"도주께서요?"

중광이 놀란 듯 되물었다.

"그렇다네. 소개해 줄 사람이 있다고 하시더군."

"누굴 말입니까?"

"그건 가보면 아네."

제5장

대아검(大牙劍) 면(眄)

기이한 자다.

끝이 뾰족하고 면이 넓은 칼을 지니고 있다. 칼의 길이는 사람 팔 하나보다 짧다. 이런 칼을 들고 있는 자라면 전장에서 힘으로 승부하는 투박한 성정이라 생각할 수 있지만 사내는 날카로웠다.

가장 특별한 것은 사내가 한쪽 눈만 갖고 있다는 것이다. 어찌 보면 궁비영이 지금껏 본 그 어떤 인물보다도 예리한 기운을 지닌 자가 아닐까 생각되는 인물이다.

오죽노와는 다른 예리함. 오죽노가 머리와 가슴, 그리고 눈이 예리한 자라면 눈앞에 있는 자는 몸이 예리한 자였다.

'살수인가?'

그런 생각을 잠시 했다가 궁비영은 내심 고개를 저었다. 살수가 저런 칼을 쓸 수 있나. 칼이 무거운 것은 둘째 치고 너무도 특이해서 누구라도 한 번 보면 잊지 못할 물건이다.

살수는 사람들에게 잘 잊혀야 하는 존재. 살수로서 이런 칼을 쓰는 것은 무모한 짓이었다.

"어서 오게."

무명도주 천도수가 짐짓 반가운 얼굴로 궁비영과 중광을 맞이했다.

"오랜만에 뵙습니다."

"그렇지? 그간 잘 지냈는가?"

"뭐… 서장도 다녀오고……."

"그 출행 이야기는 들었네. 첫 임무를 아주 잘해냈더군."

"좋은 경험이었습니다."

"음, 그렇게 쓸 만한 흑성이 되어가는 것이지."

"다른 사람들은 어떻습니까?"

궁비영이 물었다. 흩어져 천하 각지로 떠난 흑성들에 대해 묻는 것이다.

"뭐, 그런대로……."

"죽은 사람도 있습니까?"

불쑥 중광이 물었다.

"없지 않네."

천도수가 어두운 표정으로 말했다.

"몇이나……?"

"족히 십여 명은 넘지."

"아……."

중광이 나직하게 탄식을 흘린다. 깊은 정은 나눈 사이는 아니어도 무명도에서 생사고락을 함께한 자들이 아닌가.

"흑성의 일이 그러하네."

천도수가 조금은 냉정하게 말했다.

"그렇긴 하지요."

중광이 고개를 끄떡였다.

"자자, 우울한 이야기는 말고. 오늘은 내가 소개시켜 줄 사람이 있어서 불렀네."

천도수의 말에 궁비영과 중광의 시선이 자연스레 기이한 검을 지닌 자에게로 향했다. 나이는 대략 오십 대 중반. 그러나 사실 겉모습으로는 나이를 알기 어려운 자였다.

"이 사람은 대아검(大牙劍)이라 불리는 사람이네. 맹의 오랜 충신이고, 전대 흑성 중에서 살아남은 다섯 중 하나지."

전대 흑성이라는 말에 궁비영과 중광의 눈빛이 반짝였다. 전대 흑성이라면 당연히 두 사람의 부친을 알고 있을 것이다.

"난 면(眄)이라는 이름을 쓰네. 하지만 사람들은 날 대아검이라고 부르는 것을 좋아하지. 아마도 이놈 때문일 걸세."

사내가 허리춤에 찬 특이한 검을 툭툭 쳤다.

그러고 보니 사내의 검은 정말 큰 괴물이 남긴 이빨과 같았다. 면(眄)이라는 이름 역시 그와 어울렸다. 한 눈을 쓰는 애꾸이니까. 그런데 그 이름은 태어날 때부터 지닌 것일까, 아니면 한쪽 눈을 잃을 후에 생긴 것일까.

대아검 면에 대해 이런저런 궁리를 하며 궁비영이 고개를 숙여 보였다.

"궁비영이라고 합니다."

"중광입니다."

"음, 두 사람에 대한 이야기는 들었네. 나와 인연이 없는 것도 아니더군."

궁도요와 중천산에 관한 이야기인 듯싶었다.

"아버님들을 아시는군요."

"알지. 물론 깊은 인연을 맺은 것은 아니지만. 자네도 알다시피 흑성의 인연이란 게……."

대아검 면이 말꼬리를 흐린다. 수련을 함께하고 같은 일을 했다고 해서 서로 깊은 인연으로 이어지는 것이 아닌 흑성들이다.

잠시 침묵이 흐른다. 전대 흑성과 당대 흑성이 만났다는 것이 뭔가 특별할 것 같으면서도 사실은 별반 특별한 것도 없었다.

그러고 보니 기이한 일이다. 서로 간에 인연을 중시하는 흑성이 아니니 무명도주 천도수가 군이 대아검 면을 두 사람에게 소개시켜 줄 이유가 없기 때문이다. 그러나 세상에 이유가 없는 일은 없다.

"오죽노께 들었나?"

어색한 분위기를 벗어나려는 듯 천도수가 물었다.

"무엇을 말입니까?"

궁비영이 되물었다. 그러자 곁에 있던 이관주 단정이 말했다.

"아직 그럴 시간이 없었습니다. 오죽노께선 토귀를 만나고 계시니까요."

"그렇겠군."

천도수가 고개를 끄떡였다. 그러자 중광이 물었다.

"무슨 일이 있는 것입니까?"

"음, 그렇다네. 오늘 내가 굳이 두 사람에게 대아검을 소개한 것은 세 사람이 함께 움직일 일이 있기 때문일세."

"저희가요?"

궁비영이 조금 놀란 표정으로 물었다.

"그렇다네. 솔직히 말하자면 그간 자네들이 한 일들은 흑성으로서 정식으로 부여된 임무가 아니었네. 오죽노 님과 우리 관주들은 그걸 수련의 일부로 생각했지. 아, 그렇다고 그 일들이 위험하지 않았다는 것은 아닐세."

사람이 죽었으니 위험한 일이 아닐 수는 없다. 궁비영은 다시 한 번 오죽노에 대한 경계심이 일어났다. 궁비영과 중광의 표정을 살피며 천도수가 다시 입을 열었다.

"위험 여부가 아니라 일의 중요성을 볼 때 자네들이 한 일이 제대로 된 흑성의 임무는 아니었단 거지."

"그럼 이제 제대로 된 일을 맡게 되는 겁니까?"

궁비영이 차분하게 물었다.

"그렇다네. 이번엔 정말 중요한 일을 맡게 될 걸세."

천도수가 정색하며 말했다. 그러자 대아검이 입을 열었다.

"그 일은 나도 궁금하군요. 어떤 일인지."

"음, 자세한 것은 결국 오죽노께 들어야 할 것이오. 단지, 이 일은 유령문을 상대하는 일이오."

"유령문이라… 역시 그렇군요."

대아검이 고개를 끄떡인다.

'유령문, 언제나 마주치는 인연이군. 최악의 경우 선택해야 한다는 말인데…….'

궁비영이 구화방에서 만난 유령문의 인물을 떠올렸다. 그의 말이 사실이라면 궁비영은 흑성의 일을 수행하는 도중에 반드시 선택의 기로에 서게 될 터였다.

"최근 들어 유령문의 도발이 더욱 심해졌소. 곳곳에서 소리 소문 없이 맹의 주요 인사들이 죽어가고 있소. 그럼에도 맹은 그들에게 전력을 기울일 수 없는 사정이오."

"맹의 수뇌로서는 마천이 더 두려운 존재겠지요."

대아검이 말했다. 그러자 천도수가 고개를 끄떡였다.

"맞소이다. 마천에 대한 공포심은 유령문에 비할 바가 아니니까. 그러나 오죽노께서는 마천보다도 유령문을 더 위험하게 생각하고 계시오."

"음, 오죽노 님이야말로 그들의 무서움을 가장 잘 아는 분이지요. 흑성을 만들어낸 힘이 결국…….."

대아검이 말을 하다 말고 급히 입을 닫았다. 그리고 궁비영과 중광을 살폈다. 그러자 천도수가 급히 화제를 돌렸다.

"현실적으로도 맹의 힘을 그들에게 쏟을 수 없는 상황이오. 구화방에서 일어난 일이 워낙 기이해서 말이오."

"그 이야기는 저도 들었습니다. 구화방에 새로운 주인이 나타났다고요?"

"그렇소. 구화방주가 한순간에 상가를 정리하고 떠날 줄 누가 알았겠소. 그런데 기이한 것은 새로 구화방의 주인이 된 자요."

"어떤 잡니까?"

"주송이란 자인데……."

"주송이라……. 듣지 못한 이름이군요. 구화방을 인수할 정도면 상계에 이름이 알려진 대상이 아니긴 어려운 일인데……."

"그런데 그는 상계나 강호에 전혀 알려지지 않은 자요. 그럼에도 불구하고 능력은 있는 것 같소. 무리 없이 구화방을 이끌어가고 있으니 말이요. 구화방에서 일하던 자가 대부분 그대로 남아 있다고는 해도 주요 인물들은 구화방주와 함께 방을 떠났다고 하던데 말이오."

"그들이 떠난 건 맹에서 그들의 정체에 대해 눈치를 챘단 것을 알았기 때문이겠지요."

이관주 단정이 두 사람의 대화에 끼어들었다.

"맞소. 그들이 맹의 움직임을 눈치챈 것 같소."

"저희가 실수를 한 겁니까?"

궁비영이 물었다. 구화방을 살피는 일을 맡은 것이 궁비영과 중광 두 사람이기 때문이다.

"꼭 그런 것은 아닐세. 하지만 자네들이 떠난 것에 대한 조사도 했겠지. 아무튼 그게 중요한 것은 아니고, 구화방을 인수한 그 주송이란 자가 아주 노련하게 구화방을 추슬렀다는 것이지."

"혼란이 없었다는 말이군요."

대아검이 말했다. 그러자 천도수가 고개를 끄떡인다.

"그렇소. 그래서 그에 대한 조사를 하던 중 그의 배후에 마천이 있지 않은가 하는 의심을 하게 되었소."

"마천이요?"

좌중의 사람들이 놀란 표정을 지었다.

"아마 지금쯤이면 오죽노께서는 그 진위 여부를 확인하셨을 거요. 만약 구화방이 마천의 손에 들어갔다면 그건 마천의 부활이라고 말해도 과언이 아닐 것이오. 세상에 드러난 세력을 가지게 된 것이니까. 그렇게 된다면 맹의 수뇌는 유령문에 대한 일은 더욱 뒤로 미룰 것이오."

"음, 위험한 일이군요. 내가 겪은 바로 유령문은 마천만큼이나 위험한 자들인데."

대아검 면이 고개를 저으며 중얼거렸다.

"그 사실을 오죽노께서도 알고 계시기에 아마도 그에 대한 대비를 하시려는 듯하오."

"그래서 우리가 필요한 것이군요."

대아검이 말했다.

"그렇소. 대아검께서 후기 혹성 중 가장 뛰어나다고 평가받은 이 두 사람의 도움을 받는다면 오죽노 님이 그리는 큰 그림을 완성할 수 있을 것이오."

"두렵군요. 기대에 미치지 못할 것 같아서."

"대아검이 할 수 없는 일은 그 누구도 할 수 없소."

"과찬이십니다."

"아니오. 그대야말로 혹성의 역사에서 전설과도 같은 사람이라고 할 수 있소."

"얼굴에 금칠을 더 하시겠다면 그만 일어나 보겠습니다."

대아검 면이 가볍게 미소를 짓는다. 그러자 그의 얼굴이 기이하게 변했다. 처음 보았을 때의 그 예리함, 몸으로 바위도 잘라낼 것 같던 예리함이 순식간에 사라지는 것이다.

'환술을 극에 이르게 수련했어.'

표정 하나로 그 기도를 완벽하게 변화시킬 수 있다는 것은 천환을 극성으로 수련했다는 의미이다. 새삼스레 대아검 면이라는 자가 무서워지는 궁비영이다.

"아무튼 오늘은 인사나 하자고 부른 것이니 자네들은 그만 물러가게. 내일 오죽노께서 부를 걸세. 자세한 이야기는 그때 들으시게."

무명도주 천도수가 궁비영과 중광을 보며 말했다. 그러자 두 사람이 조금 겸연쩍은 표정으로 자리에서 일어났다.

이럴 거면 애초에 부를 이유도 없지 않느냐는 표정이다. 그

대아검(大牙劍) 면(眄) 137

러나 일단 축객령이 떨어졌으니 자리를 떠나지 않을 수도 없었다.

"그럼 물러가겠습니다."

궁비영과 중광이 꾸벅 고개를 숙여 보이고는 장내를 벗어났다. 그러자 천도수가 일변한 표정으로 대아검 면에게 물었다.

"어떻소?"

"나쁘지 않군요."

대아검 면도 신중하게 대답했다. 아마도 궁비영과 중광을 부른 이유는 그들에게 대아검을 소개해 주기 위함이 아니라 대아검에게 두 사람을 살펴볼 시간을 주기 위해서인 모양이었다.

"오죽노께서는 크게 기대하고 있소이다만."

"하지만 이번 일을 하기에는 너무 어린 것이 아닐지."

대아검 면은 오죽노가 하려는 일을 이미 알고 있었다. 궁비영 등이 있을 때는 모르는 듯 행동했지만 그는 이미 모든 것을 알고 있었던 것이다.

"때론 어린 것이 좋을 때도 있소."

천도수가 말했다.

"그렇군요. 그의 아비를 생각하면……."

대아검 면이 고개를 끄떡인다. 그런 그의 얼굴에 본능적인 살기가 인다.

"아직도 그에 대해 경쟁심을 느끼는 거요?"

천도수가 물었다.

"그는 내게 풀리지 않는 매듭 같은 존재지요. 도저히 뛰어넘을 수 없는. 그가 그리된 것이 아쉬울 뿐입니다."

"내가 충고 한마디 해도 되겠소?"

"광검의 충고라면 언제라도 기쁘지요."

"광검이라……. 그 별호를 오랜만에 듣는구려. 요즘은 다들 날 도주라고 부르지 광검으로는 부르지 않소. 후후, 어쨌든 그대와 궁도요의 차이는 사실 그리 크지 않소. 단지 한 가지 문제로 인해 그대는 늘 궁도요의 뒤를 좇을 수밖에 없었던 것이오."

"그게 무엇입니까?"

대아검 면이 안광을 번쩍이며 물었다.

"조급함이오."

"조급함이라시면……?"

"그는 만사에 조급함이 없었소. 어떤 난제를 눈앞에 두어도 침착하게 그 일에 대처했소. 그런데 미안하게도 그대는 그러지 못했소. 나중에는 그에 대한 경쟁심으로 인해 더더욱 조급해졌지. 그게 바로 내가 보는 그대와 궁도요의 차이요."

"음……!"

대아검 면이 침음성을 흘린다. 그러자 천도수가 다시 말을 이었다.

"경쟁심은 사람의 의욕을 불러일으키는 좋은 수단이지만, 지나친 열패감은 해가 되는 법이오. 혹 자신이 그런 함정에 빠진 것은 아닌지 스스로를 돌아보시기 바라오."

천도수의 말에 끝나자 대아검 면의 표정이 살짝 일그러졌다. 아마도 천도수의 지적에 공감하는 모양이다. 잠시 그렇게 아픈 표정을 짓던 대아검 면이 눈살을 찌푸리며 자리에서 일어난다.

"충고 고맙습니다."

"기분이 상했소?"

"아닙니다. 정확한 지적이십니다. 돌아가서 그 문제에 대해 곰곰이 생각을 해봐야겠습니다."

"그렇게 받아들인다니 고맙소."

"아닙니다. 오히려 제가 광검께 큰 가르침을 받았습니다. 그럼!"

대아검 면이 서둘러 장내를 벗어났다. 그러자 천도수가 이관주 단정에게 물었다.

"그가 궁도요에 대한 열등감에게서 벗어날까?"

"불가능한 일이지요."

단정이 고개를 젓는다.

"원인을 알았음에도 벗어나지 못할 거란 말인가?"

"그래서 심마가 무서운 것이지요."

"후후후, 맞는 말이군. 알아도 행하지 못하는 것이 사람이라. 불쌍한 존재지, 인간이란."

천도수가 쓸쓸한 웃음을 흘리며 중얼거렸다.

천도수의 말대로 날이 밝자 오죽노에게서 사람이 왔다. 궁비영과 중광은 서둘러 오죽노의 거처로 달려갔다.

오죽노의 처소에는 천도수와 단정, 그리고 대아검 면이 먼저 와서 두 사람을 기다리고 있었다. 그런데 정작 주인인 오죽노가 보이지 않았다.

"들어오게."

천도수가 두 사람을 맞이했다.

"오죽노께서는……?"

궁비영이 물었다.

"곧 오실 걸세."

천도수가 대답하며 두 사람에게 자리를 권했다. 낡았지만 단단해 보이는 의자다. 그 의자의 생김새 하나로 이 장원이 사실은 아주 오랫동안 오죽노에 의해 이용되어 왔음을 알 수 있었다.

"모두 오셨는가?"

궁비영과 중광이 자리를 잡고 앉사마자 기다렸다는 듯이 오죽노가 방 안으로 들어섰다. 궁비영과 중광이 자리에서 일어나 오죽노를 맞이했다.

그들만이 아니었다. 천도수 등도 자리에 일어나 정중하게 오죽노를 맞았다. 그들이 오죽노를 얼마나 존중하는지 여실히 드러나는 모습이다.

"모두 앉읍시다."

오죽노의 말에 따라 사람들이 다시 자리를 잡고 앉자 천도수가 오죽노에게 물었다.

"그는 설득이 되었습니까?"

"음, 아직은……."

"제법 고집을 부리는군요."

"그래도 결국은 내 말을 들을 거요."

"그렇겠지요. 그가 어찌 감히 대인의 말을 거역하겠습니까."

"후후, 내가 무서워 내 말을 듣는 것은 아니오. 그가 무서워하는 것은 정작 따로 있지."

"그게 무엇입니까?"

천도수가 물었다. 그러자 오죽노가 고개를 저었다.

"그건 그와 나만의 약속 같은 것이니 도주께도 말해주기 힘들 것 같소. 서운해 마시오."

"서운하긴요. 약속은 지키셔야지요."

천도수가 얼른 고개를 젓는다. 그러자 오죽노가 한줄기 미소를 짓더니 문득 대아검을 보며 물었다.

"좀 오래 쉬었지?"

하대를 하는 것으로 보아 두 사람의 관계가 예사롭지 않아 보였다.

"몇 해 쉬었지요."

대아검이 고개를 숙이며 대답했다.

"영원히 쉬게 해주면 좋겠지만… 세상일이 마음대로 되지 않는군."

"명을 받을 뿐입니다."

"좋아, 그럼 수고를 해주게."

"목표는 정해졌습니까?"

"일단은 악양으로 가게."

"악양이요?"

"그래. 내일 출발해서 다음 달 보름에는 악양에 있어야 하네."

"시간은 충분하군요. 악양에 도착한 후에는 어디로 갑니까?"

"소남원에서 사람이 나올 걸세. 일단 소남원에 여장을 풀게. 그러면 그즈음 동정호에 배가 한 척 들어올 걸세. 그 배에서부터 일을 시작하면 되네."

그야말로 뜬금없는 소리다. 동정호가 작은 호수도 아니고 바다와 같은 호수다. 그리고 하루에도 수백 척의 배가 다닌다. 그런데 그 속에서 어느 배를 찾으라는 말인가.

대아검이 의구심을 품은 눈으로 바라보자 오죽노 혜간이 다시 입을 열었다.

"아마도 배를 찾기는 어렵지 않을 걸세. 유명한 배니까. 자네도 들어보았을 걸세. 화룡선이라고."

"화룡선!"

"아, 화룡선!"

대아검뿐만 아니라 무명도주나 이관주 단정도 놀란 표정을 짓는다.

"그들이었습니까?"

무명도주 천도수가 급히 물었다.

"그런 것 같소. 지난번 구화방을 떠난 배를 추격했을 때 그 상선이 결국 화룡선과 조우한 것으로 드러났소. 어렵게 알아냈지."

"놀라운 일이군요. 화룡선이라면 적어도 십 년 이상 장강과 황하를 오르내린 배인데······."

천도수가 고개를 저으며 중얼거렸다.

"나도 무척 놀랐소이다. 화룡선이라면 맹의 주요 문파들과도 거래가 적지 않기에 말이오."

"등잔 밑이 어둡다고, 바로 눈 아래 그들이 존재했군요."

"그러니 과거 마곡산에서 멸문에 가까운 타격을 입은 그들이 이렇게 쉽게 재기한 것일 거요."

"애초에 화룡선이 그들의 근거지였을까요? 마곡산이 아니라?"

"그건 아닐 것이오. 분명 마곡산은 그들의 안식처였소. 아마도 화룡선은 강호에 나와 있는 유령문도들을 보살피고 자금을 마련하는 역할을 했을 것이오. 물론 마곡산의 일 이후에는 유령문의 중심이 되었을 수도 있소."

"참으로 대단한 자들이 아닙니까? 움직이는 문파라······."

"아무튼 화룡선의 정체를 안 이상 그들을 상대하는 것은 그리 어려운 일이 아니오. 단지 문제는 그들 모르게 이 일을 진행해야 한다는 것이지. 눈치를 채는 순간 그들은 구화방을 버리고 사라졌듯 화룡선을 버리고 다시 어둠 속으로 숨을 것이오."

"흑성이 필요한 일이군요."

천도수의 말에 오죽노 혜간이 고개를 끄떡였다.

"난 또 한 번의 월곡투를 생각하고 있소."

"마천이라면 모를까, 유령문을 상대로는 어려운 일 아닙니
까?"

"다른 때라면 그리 생각할 수 있지만 화룡선의 존재를 안 이
상 불가능한 일은 아니오. 화룡선을 끌어들이면 유령문 전체
가 움직일 거요."

"위험한 일이군요."

"음, 아주 세심한 계획이 필요한 일이오. 더군다나 지금 맹
의 수뇌들의 관심은 온통 이 성도에 몰려 있소. 맹의 힘을 제
대로 쓰기도 어렵고."

"역시 마천의 등장 때문이겠지요?"

"그렇소. 맹의 주인들은 지금도 하루가 멀다 하고 내게 성도
에서 마천의 무리를 상대할 계책을 내놓으라고 성화요."

"휴, 성도의 무리를 제압한다고 마천이 사라지는 것도 아니
고, 왜 그토록 서두르는지 모르겠군요."

천도수가 고개를 젓는다. 그러자 오죽노가 대답했다.

"그만큼 마천의 시대가 그들에게는 절망적이었단 것일 거
요. 나로서도 맹 수뇌들의 요구를 거부할 수는 없소. 해서 일
단 사천의 일을 마무리하는 데 맹의 전력을 기울일 생각이
오. 그사이 흑성들은 유령문을 상대하기 위한 준비를 하는

것이고."

"흑성의 운용에 대해선 맹에서 이의가 없는지요?"

"구파의 수장들도 흑성에 관한 한 내 뜻을 거부하지 못하
오."

오죽노가 단호하게 말했다.

"하긴 그렇지요. 흑성이야말로 대인께서 홀로 만들어내신
것이나 마찬가지이니."

천도수가 고개를 끄떡였다. 그러자 오죽노가 대아검 면을
보며 말했다.

"자네가 수고를 해주시게."

"언제든 명을 내리십시오."

"소남원주는 알고 있지?"

"잘 알지요."

"소남원주 양사를 만나면 다음 계책을 알려줄 걸세."

"알겠습니다."

대아검 면은 오죽노의 말에 질문을 하거나 이의를 제기하는
법이 없었다. 그것만 보아도 그가 오죽노의 오랜 심복임을 알
수 있다. 대아검 면의 대답을 들은 오죽노가 궁비영과 중광을
보며 말했다.

"자네들도 지금까지 이야기를 들었으니 내가 무슨 일을 하
려는지 짐작할 걸세."

오죽노의 말에 궁비영이 고개를 숙여 보인다. 그러자 오죽
노가 다시 입을 열었다.

"일이란 것이 그래. 큰일을 한 번 치르자면 수십, 수백 가지의 준비가 필요한 법이지. 자네들은 이번 일에서 매우 중요한 역할을 하게 될 걸세. 이 일에 투입되는 흑성의 숫자가 적지 않아. 그러나 그중 자네들만큼 중요한 일을 맡은 사람은 없을 걸세."

오죽노의 말에 궁비영이 내심 실소를 흘렸다. 공명심을 부추겨 충성심을 이끌어내려 한다면 자신을 너무 얕잡아 본 것이다.

"한 가지 걱정이 있습니다."

궁비영이 내심을 드러내지 않으며 말했다.

"무엇인가?"

"구화방에서의 일 때문에 저와 중광이 노출된 것이 아닌지 걱정입니다만……."

"그건 걱정 말게. 자네들의 신분이 노출되지 않게 하면 되니."

"……."

믿을 수 없는 말이다. 보통의 상대라면 모를까, 상대는 유령문이다. 그런 자들의 눈을 어찌 피한단 말인가.

'미끼인가?'

궁비영이 씁쓸한 미소를 지었다. 이미 적에게 노출된 자를 다시 쓸 때는 그 용도가 한정되는 법이다.

'혹은 살행이든지.'

살수와 미끼, 이 둘 중 하나의 일이 주어질 것이다. 결국은 둘 모두 버리는 패가 될 수 있는 역할이다. 오죽노가 궁비영을, 혹은 다른 흑성들을 어찌 생각하는지 여실히 드러나는 순간이었다.

그러나 지금 이 자리에서 그런 것을 따지고 있을 수는 없었다.

'그러나 당신도 모르는 것이 있어. 당신이 하는 행동 하나하나가 점점 더 그가 말한 것을 믿게 만들어간다는 것이지.'

궁비영이 문득 구화방에서 만난 유령문의 고수를 생각했다. 본능적으로 이미 그는 오죽노보다는 그가 더 믿을 만하다고 느끼고 있었다. 그러나 궁비영은 아직은 여전히 구천맹의 흑성이다.

"소남원에 도착하면 다른 흑성 몇이 더 모일 걸세. 그들을 움직이는 것도 자네 몫이네."

오죽노가 대아검 면을 보며 말했다.

"알겠습니다."

"좋아, 그럼 오늘 밤에 떠나시게."

"그렇게 급히 말입니까?"

천도수조차 놀란 표정으로 물었다.

"음, 마천이 준동하는 성도요. 어떤 변수가 생길지도 모르오. 이관주는 내 곁에 있어주시오. 도주께서는 동정호로 가주시고. 아, 물론 흑성들과는 달리 움직여 주시오."

"알겠습니다."

천도수가 대답했다. 그러자 즉시 자리가 파했다. 궁비영과 중광도 단 하루 묵은 거처로 돌아와 분주하게 떠날 준비를 하기 시작했다.

*　　*　　*

성도를 떠난 것이 열흘 전이다. 배는 큰 어려움 없이 장강의 본류로 들어섰다. 청마표국에서 나온 배라는 것을 안 것이 이틀 전. 그 사실을 아는 순간 청마표국의 소국주 위소아가 오죽노의 제자라는 사실이 실감났다.

아마도 지금쯤 성도에서는 구화방을 인수하며 강호에 모습을 드러낸 마천과 오죽노가 이끄는 구천맹의 고수들 간에 피 말리는 싸움이 벌어지고 있을 터였다.

어쩌면 일행이 동정호에 도착하기도 전에 성도에서 거대한 혈사가 일어날 수도 있었다.

그러나 그 싸움이 끝이 아니라는 것은 누구나 알고 있는 사실이다. 성도에서의 싸움은 결국 거대한 전쟁의 또 다른 시작이 될 것이다. 성도에서 어느 쪽이 승리하든 상관없이.

'그리고 다시 그들은 두 세력 사이에서 자신들의 자존을 확인받으려 하겠지.'

궁비영이 유령문을 떠올렸다. 그들을 생각하면 머리가 아파온다. 구천맹의 적은 확실한데 자신의 적은 아니라고 말하는 그들, 자신의 무공을 오늘에 이르게 만들어준 자들도 그들이다. 그리고 지금 그는 그들을 상대하러 가고 있었다.

"훠이훠이!"

장강의 본류에 들어선 이후 느려진 유속으로 인해 흔들림 없이 전진하던 배 앞에서 누군가의 목소리가 들렸다.

궁비영이 고개를 돌려보니 세 사람이 타고 있는 작은 돛단배가 보인다. 그중 한 명은 강물에 그물을 드리우고 있는 어부다.

"이런 망할 놈의 종자들을 보았나! 그물을 내린 곳으로 배를 몰면 어쩌자는 거야?"

돛단배에 탄 자가 화를 내며 소리쳤다. 그러자 궁비영이 탄배를 몰고 있던 자가 소리쳤다.

"이곳에 그물을 내리면 어떡하오? 이곳이 상선들이 움직이는 길목인 걸 모른단 말이오?"

"홍, 장사치들에게 뱃길을 내주면 우리 같은 어부들은 다 굶어 죽으란 말인가? 당장 배를 돌려!"

어부가 소리쳤다. 나이가 지긋한 사람이라 궁비영이 타고 있는 배의 사공도 함부로 하대를 하지는 못했다.

"이보시오, 노인장. 이 큰 배를 어찌 돌린단 말이오. 노인장이 길을 열어주시오."

"홍, 그리는 못하겠네."

"원 참, 그 노인장, 고집도 세네. 그래, 얼마나 주면 길을 열어주겠소?"

"흐흐, 금자로 해결을 하겠다?"

"말해보시오. 결국 원하는 것은 금자가 아니오?"

"에헴! 내가 수적도 아니고 통행세를 받을 일은 아니지. 그러나 이대로 그 큰 배가 그물 위를 지나가면 결국 그물이 찢어지고 말 테니 그물 값은 받아야겠어. 물론 오늘 하루 치 물고기 값도 받아야겠고."

"그래서 얼마나 달라는 거요?"

"금자 닷 냥!"

"아이구야! 이거 칼 만 안 들었지 수적보다 더한 노인일세."

사공이 혀를 차며 중얼거렸다.

"싫으면 말고."

어부가 배짱을 부린다. 그러자 사공이 배 한쪽에 서서 두 사람의 실랑이를 지켜보고 있는 천도수를 바라봤다. 천도수가 가볍게 고개를 끄덕였다. 천도수는 예정과 달리 아직은 궁비영 일행과 길을 달리하지 않고 있었다.

천도수의 허락이 있자 사공이 품속에서 전낭을 꺼내 들고 배 앞으로 나섰다.

"옜소."

사공의 손에서 전낭이 떠났다. 전낭은 정확하게 어부의 발 아래 떨어졌다. 그러자 어부가 전낭을 주워 들어 안을 살핀 후 실실거리며 말했다.

"흐흐, 오늘은 편히 쉬어도 되겠군."

"오늘뿐이오? 아마 한 달은 놀아도 될 거요."

사공이 빈정거렸다.

"사람이 오래 놀면 못쓰는 법이네. 사람은 일을 해야 해. 아무렴! 내가 지금껏 이렇게 건강한 이유도 매일 일을 해서이지."

"매번 이렇게 금자를 버는 거요?"

"무슨 말이 그런가? 마치 내가 도둑이라도 되는 양 말하는군."

"아아! 노인장과 실랑이하고 싶지 않소. 길이나 비켜주시오."

"그럼, 비켜주어야지. 에헴!"

어부가 헛기침을 한 번 하고는 작은 나룻배를 몰아 궁비영이 타고 있는 배 오른편으로 이동했다. 그러자 사공이 서둘러 배를 출발시켰다.

큰 배가 움직이자 물결이 일렁이며 파문이 일었다. 그 기운에 어부가 타고 있는 배가 뒤집힐 듯 출렁거렸으나 어부는 노련하게 배의 중심을 잡으며 궁비영 등이 타고 있는 배를 가까이서 흘려보냈다.

그렇게 순식간에 두 척의 배가 스치듯 지났다. 그런데 그 와중에 사람들의 눈을 피해 일어난 일이 있었다. 그건 바로 어부의 배에 타고 있는 세 사람 중 하나가 그의 배에서 사라졌다는 사실이다.

"오랜만이구려."

궁비영은 잠시 난감한 마음이 들었다. 그 앞에서 사내처럼 인사를 하는 이 여인에 대한 감정을 그 자신조차도 통제하기 어렵기 때문이다. 당목이다.

"어부의 배는 사람들의 눈을 속이기 위함이었구려."

궁비영이 말했다.

"모두 혹성이오."

당목이 대답했다.

"변복들을 참 잘했구려. 꼼짝없이 늙은 어부로 보았는데."

"우리가 오는 줄 모르고 있었소?"

당목이 의아한 표정으로 물었다.

"그러게 말이오. 뭐 대단한 비밀이라고."

궁비영이 투덜거렸다. 그런 궁비영을 잠시 바라보던 당목이 뒤쪽에서 걸어오는 무명도주와 대아검 면을 발견하고는 그들을 향해 걸어갔다.

"이상한 일이지?"

중광이 말했다.

"뭐가?"

"그녀가 우리보다 이번 일에 대해 더 많이 아는 것 같아."

"오죽노도 그녀를 믿는다는 거지. 당문의 사람이니까."

"그럼 우린?"

"흐흐, 말 그대로 제룡가의 무노가 아니냐."

"망할 놈!"

중광이 궁비영을 슬쩍 노려보고는 실소를 흘렸다.

당목이 도착한 이후 여행은 다시 이어졌다. 이후에는 길을 막는 사람이 없었다. 배는 느리지만 쉬지 않고 강을 거슬러 내려가 어느덧 동정호 어귀에 접어들었다. 그리고 그즈음에서 배가 멈췄다.

"모두 모이라시오."

무명도주를 시종하는 자가 와서 궁비영과 중광에게 말을 전했다.

"드디어 시작인가?"

중광이 자리를 털고 일어나며 말했다. 지루하던 여행이 끝나서인지 말에 생기가 돈다.

"죽을 자리를 찾아 들어가는 걸 수도 있지."

궁비영이 중광을 따라나서며 말했다.

"네놈은 언제나 너무 비관적이야."

중광이 궁비영을 돌아보며 말했다.

"그럼 지금이 낙관적인 상황이냐?"

궁비영이 중광에게 쏘아붙이는데 맞은편 선실에서 당목이 모습을 드러냈다.

궁비영과 당목이 서로에게 눈인사를 하고는 서둘러 무명도주 천도수를 만나려 걸음을 옮겼다.

천도수는 배의 갑판 위에 있었다. 바다처럼 넓은 호수와 그 위에 떠 있는 몇 척의 배가 그림처럼 아름답다. 칼 든 자들에게 어울리는 풍경이 아니다.

"어서들 오게."

천도수가 궁비영 등을 보며 말했다. 그의 곁에는 예상대로 대아검 면도 서 있었다.

"시작입니까?"

중광이 천도수에게 다가서며 물었다.

"그렇다네. 이곳에서 난 길을 달리할걸세. 소남원에 들어가는 사람은 적을수록 좋으니까."

예정되어 있던 일이다.

"소남원은 대체 뭘 하는 곳입니까?"

중광이 물었다.

"장사를 하는 곳이네."

"상가란 말입니까?"

"그렇다네. 하지만 보통 상가는 아니지."

"보통 상가가 아니라면⋯⋯?"

"가보면 알게 될 걸세. 이제부터 자네들 세 사람은 여기 대아검의 지시를 따르면 되네."

그야 모두 알고 있는 일이다.

"배가 옵니다."

문득 선수에서 주위를 살피던 자가 말했다. 그러자 사람들의 시선이 일제히 그의 손가락이 가리키는 곳으로 향했다.

삐이걱, 삐이걱!

한 척의 돛단배가 일행이 타고 있는 상선을 향해 다가왔다. 그런데 놀라운 것은 돛단배가 움직이는 속도였다. 돛단배 위의 사내는 천천히 노를 젓는 것처럼 보이지만 배는 나는 듯이 빠르게 움직이고 있었다.

"석화로군."

천도수가 중얼거렸다.

"역시 살아 있었군요."

대아도 면이 대꾸했다. 그 말을 들은 궁비영은 의혹에 빠졌다.

'생사를 모르던 자의 등장이란 건가? 도대체 누구일까?'

궁비영이 배를 몰아온 자에게 시선을 줬다. 순간 그는 마치 벼락을 눈앞에서 보는 듯한 느낌을 받았다. 순간이지만 그만큼 배를 몰아 온 자의 안광이 강렬했던 것이다.

제6장

소남원

　"난 석화 반궁이라고 하네. 석화란 말은 날 알던 흑성들이 붙여준 별호지. 내가 전광석화처럼 빠르다고 해서 말이야. 킬킬, 사실 내가 좀 빠르기는 헤. 걷든, 뛰든, 말을 타든, 혹은 이렇게 배를 타든 세상에서 날 따라잡을 사람은 없지. 아, 아냐. 한 무리가 있긴 하군."

　"반 대협을 따라잡을 사람이 있다니 그게 누구요?"

　대아검 면이 물었다. 반궁을 대하는 그의 태도는 지금까지와 달리 무척 편해 보였다. 마치 오랜 친구를 만난 듯한 모습이다.

　"대아검이 그렇게 물으니 의외구려. 누구긴 누구겠소. 그 유령들이지."

"그렇구려. 유령문의 유령사들이 있었구려."

"솔직히 유령사들이야 뭐 내 눈에 차지 않소. 하지만 유령사왕은 나도 두려운 자들이지."

반궁이 노를 저으며 어깨를 으쓱했다.

"유령사왕은 어떤 자들입니까?"

호기심 많은 중광이 불쑥 물었다. 그러자 반궁이 뜻밖이라는 듯 되물었다.

"유령사왕을 모르나?"

"듣지 못했습니다."

"유령문에 대해 제대로 알려주지 않은 모양이구려?"

반궁이 대아검 면을 보며 물었다. 그러자 대아검이 고개를 끄떡였다.

"자세한 것은 아직……."

"저런, 그래서야 싸움이 되나."

"아직 본격적인 싸움이 시작된 것은 아니어서 말이오."

"음, 그래도 흑성이라면 천적이랄 수 있는 유령문에 대해 제대로 알아야지. 에… 그러니까, 간단히 말해 유령문은 유령사왕과 유령사들의 집단이라고 할 수 있네. 문주 야유사군 아래 동서남북 네 명의 왕이 있고, 그들이 유령사들을 움직여 강호의 일에 관여하지."

"생각보다 단출하군요."

중광이 말했다.

"뭐, 그렇게 볼 수도 있지만 사실은 무척 복잡한 조직이라고도 할 수 있지. 왜냐하면 유령사 한 명이 자신만의 사람들을 데리고 있으니까. 물론 유령문도가 아닌 자들 말이야. 염탐꾼이라고나 할까? 또한 유령사들은 모두 각기 특별한 재주를 지니고 있지. 유령사 한 명이 금패의 흑성 한 명 정도라고 할 수 있을까?"

"그건 좀 과장이구려."

대아검 면이 반궁의 의견에 반대했다.

"히히, 하긴 좀 과장이기는 하구려. 하지만 적어도 유령사 중 오 할은 금패의 흑성과 견줄 수 있소. 무공에서 말이오. 빠르기로는 더 빠를까?"

반궁이 고개를 갸웃했다. 자신도 확신할 수 없다는 태도다.

"유령사왕의 정체는 알려져 있습니까?"

다시 중광이 물었다.

"그렇다고 할 수 있지. 동왕 사록, 남왕 고엽, 서왕 옹완, 북왕 투목, 이렇게 네 명이시."

반궁이 대답했다.

"그들 모두를 보셨습니까?"

"보았네. 그중 서왕 옹완과 동왕 사록과는 제법 안면도 있었지. 하지만……."

반궁이 말꼬리를 흐렸다. 그러자 사람들의 시선이 그의 입으로 향했다. 반면 대아검은 고개를 돌려 먼 곳을 보았다.

"하지만 그중 둘은 죽었네. 동왕 사록과 남왕 고엽은 마곡산의 혈사에서 죽었지. 둘은 시신을 확인했네. 물론 서왕 옹완과

북왕 톡목 역시 지금까지는 죽은 것으로 알려져 왔네. 단지 그 시신을 찾지 못했을 뿐이라 생각했는데 유령문이 다시 부활한 것을 보면 그들이 살아 있을 수도 있다는 생각이야."

"눈으로 보기 전에는 아무것도 확신할 수 없소."

대아검이 말했다.

"그렇긴 하오만 그중 한 명은 분명히 살아 있소."

"그게 무슨 소리요? 누가 목격되기라도 했소?"

"북왕 톡목을 봤소."

반궁이 말했다. 그때만큼은 그의 표정이 어느 때보다도 신중했다.

"어디서 말이오?"

"화룡선에서 보았소. 오죽노께서 화룡선이 그들의 움직이는 본거지라고 확신한 것도 아마 그 때문일 것이오."

"음, 오죽노께서는 그에 대한 말씀은 없으셨는데……."

"나는 확신하는데 오죽노께서는 확신을 못하시는 것 같더이다."

"하긴 그가 살아 있다는 것은 믿기 힘든 일이지. 그 불 속에서……."

대아검이 중얼거렸다.

"아무튼 그가 살아 있다면 서왕 용완도 살아 있을 가능성이 있는 것 아니겠소? 솔직히 당시 마곡산에서 그를 보았다는 사람조차 없으니까."

"그렇구려. 그럼 두 명의 왕이 살아 있다고 생각하고 일을 진행해야겠구려."

"그거야 오죽노께서 하실 일이고, 우리야 뭐 조금 조심하는 정도면 되지 않겠소? 그리고 사실 유령사왕이란 것이 한 사람이 죽으면 다른 사람이 그 자리를 차지하는 것이니 애초부터 그들이 모두 있다고 생각하고 상대해야 할 거요. 지금이면 죽은 동왕과 남왕의 후인이 벌써 정해졌을 거요."

반궁의 말에 대아검 면이 고개를 끄떡였다.

"듣고 보니 반 대협의 말이 옳소이다."

"어, 벌써 날이 지네?"

반궁이 갑자기 고개를 들어 호수에 내리는 석양을 보며 말했다. 석양이 핏빛처럼 붉게 내리고 있었다.

어둠이 찾아오자 사방에서 물소리가 일어난다. 밤바람을 타고 일어난 물소리다.

그 물소리 속에서 궁미엉이 탄 배가 계속 어디론가 흘러갔다. 그렇게 한 시진이 지났을 때 배는 드디어 호리병 모양으로 움푹 들어간 호수변 숲의 장원을 앞에 두었다.

"저곳이오."

반궁이 어둠 속에서 손을 들어 강변의 장원을 가리켰다. 반은 물에, 반은 땅 위에 지어진 기이한 장원이다.

"소남원에는 지금 몇이나 있소?"

대아검이 물었다.

"평시에는 일하는 자까지 스무 명이 넘지 않소. 그러나 소남원에 적을 두고 움직이는 자가 오십 명은 되오. 악양에선 작지만 옹골찬 상가로 알려져 있소. 주로 거래하는 것이 진귀한 보물과 전대의 유물들이라 재물깨나 있다는 자들은 모두 소남원을 알고 있소."

"물건만 있다면 쉬운 장사로군."

"그렇소. 그래서 오죽노께서도 이 장사를 하게 한 것이오. 사실 맹에서 얻어내는 귀한 물건이 적지 않으니 말이오."

반궁의 말에 대아검이 고개를 끄떡였다. 그러다가 불쑥 물었다.

"화룡선과 인연이 닿은 것도 그 덕분이오?"

"그렇소. 화룡선에서도 소남원의 물건에 관심을 두더구려."

"기이한 일이군. 유령문이 보물에 관심을 두다니."

"자신들이 모아두려는 것은 아닌 것 같고, 아마 또 다른 사람들에게 넘기는 모양이더이다. 소남원 말고도 여러 곳에서 물건을 사들인다고 들었소."

"흠, 그래도 기이한 일이오. 유령문이 장사를 한다?"

"그들도 먹고는 살아야 하지 않겠소? 우리처럼."

반궁의 말에 중광이 불쑥 물었다.

"맹에서 금자가 나오지 않습니까?"

중광의 물음에 반궁이 멀뚱히 중광을 보다가 이내 혀를 찼다.

"이거 덩치는 산만 해서… 너무 순진하군."

"제가 말입니까?"

"그래. 강호 일을 제대로 하려면 사람들이 모르는 재물이 필요한 거야. 특히 우리처럼 은밀히 움직이는 사람들에게는."

"그런가요?"

"당연한 일이지. 흑성이라고 어디 혼자서 모든 일을 할 수 있나. 가끔은 사람을 부리기도 해야 하고 살수를 고용해 쓰기도 하지. 그런 일은 맹의 도움을 청하기 어려운 것이지."

"그런 일까지……?"

중광이 당황한 표정을 짓는다.

"이거 흑성이 하는 일을 제대로 배우긴 한 거야?"

반궁이 투덜댔다. 그사이 배가 물 쪽으로 삐져나온 장원 동쪽 문으로 들어섰다.

*　　　*　　　*

기이한 자다. 오죽노와는 완선히 다르면서도 같기도 하다. 내심을 알아채기 힘든 자다. 궁비영은 마치 깊은 늪이나 한 치 앞을 내다볼 수 없는 안개 속에 들어온 느낌이 들었다.

소남원주 양사. 얼굴은 웃고 있지만 그 웃음 뒤의 본성은 전혀 알 수 없었다.

"배로 오 일 거리에 있는 곳이오."

양사가 말했다. 그의 앞에는 제법 넓은 양피지가 놓여 있었는데 그 위에는 동정호 북쪽의 지형이 자세하게 그려져 있었다.

"이곳이오?"

대아검 면이 손으로 지도 위의 한 지점을 가리키며 물었다.

"그렇소."

"적을 끌어들이기에는 너무 완만하지 않소? 협곡이 아니라면 저들을 묶어두기 힘들 텐데."

대아검이 고개를 갸웃하며 물었다.

"지형이 완만한 것은 맞소. 그러나 그곳을 아는 자는 쉽게 배를 몰아가지 않소. 이유는 지형이 완만한 대신 물의 흐름이 기이하기 때문이오."

"물의 흐름이 기이하다면……?"

"보면 알겠지만 산의 능선을 휘어감은 물줄기가 아래쪽에 불쑥 나와 있는 돌산에 부딪쳐 계곡 안쪽으로 밀려들어 가오. 그래서 들어가긴 쉬워도 나오기는 어려운 곳이 바로 이 백단협이오. 사람 한둘이 노를 저어서는 나올 수는 없는 곳이라 물고기가 많아도 어부들조차 잘 들어가지 않소."

"음, 주변의 지형이 문제가 아니라 물의 흐름이 그물이라는 것이구려."

"그렇소. 더군다나 그 안쪽에는 천연 동굴이 여러 개 있으니 대도(大盜) 해제의 유물이 발견되기에는 적당한 곳이라고 할 수 있을 거요."

"그러나 그렇다 한들 그들이 이곳으로 오리라는 보장이 없지 않소? 만약 강호에 소문을 내어 그들을 끌어들이려 한다면 필시 보물을 노리고 수많은 자가 찾아들 텐데……."

대아검 면이 다시 물었다. 그러자 양사가 궁비영을 보며 말했다.

"그래서 이 친구들이 필요한 것이오."

양사의 시선을 받은 궁비영은 다시 모호한 감정에 휩싸였다. 부드럽지만 적의가 느껴지는 듯도 한 양사의 눈빛이다.

"저희가 할 일이 무엇입니까?"

궁비영이 물었다. 그러자 양사가 옛이야기를 하듯 말을 이었다.

"백단협은 물길을 따라 나오기 어려운 곳이라 어부들이 배를 몰고 들어가지는 않네. 대신 물고기는 풍부해서 간혹 육로를 통해 그곳으로 들어가 고기를 잡는 이들이 있지. 며칠 머물면서 고기를 잡은 후 다시 육로로 잡은 고기를 내어오는 것이네. 물론 배가 없는 가난한 어부들이나 하는 일이지만."

양사가 잠시 말을 끊은 후 차를 한 모금 마셨다. 이럴 때는 영락없는 장사꾼의 모습이다. 차를 마셔 입을 축인 그가 다시 말했다.

"이런 이야기는 어떤가? 얼마 전 가난한 어부 부부가 백단협으로 고기를 잡으러 갔다. 보통 백단협으로 고기를 잡으러 가는 자들은 숲에서 노숙을 하거나, 혹은 좀 전에 말한 그 안쪽의 수중 동굴에서 잠을 자곤 하지. 그날 이 부부도 동굴 하나를 정해 하룻밤을 보내려 했는데 그곳에서 기이한 물건을 발견한 것이네."

그 이후의 말은 하지 않아도 알 수 있었다. 그곳에서 발견한 물건이 대도 해제가 모아놓은 물건들로 밝혀지고, 그것들로 화룡선을 유인하려는 것이다.

"역시 저희가 할 일을 모르겠군요."

"후후, 간단하네. 영악한 젊은 어부 부부가 되어주면 되네."

"……?"

궁비영이 무슨 말인지 모르겠다는 듯 양사를 바라보았다. 그러자 양사가 다시 입을 열었다.

"이 젊은 어부 부부는 무척 영악한 자들이지. 그들은 그들이 동굴에서 얻은 물건을 평소 안면이 있던 소남원의 한 행수에게 가져왔네. 물론 그 물건의 출처를 밝히지 않았지. 행수는 소남원의 사람이므로 당연히 골동품에 조예가 깊어 금세 그 물건의 가치를 알아봤네. 그래서 물건의 출처를 물었지. 그러나 젊은 부부는 결코 입을 열지 않았네. 대신 한 가지 조건을 제시했지."

그즈음에서 반궁이 대신 말을 이었다.

"그런 물건이 제법 많은 곳을 알고 있으니 소남원에서 제대로 값을 쳐주면 모든 물건을 넘기겠다고. 그러고는 생각지도 못한 큰 금액을 불렀네."

"당연히 소남원에서는 감당하기 어려운 금액이어야겠군요."

궁비영이 말했다.

"그래야 일이 되지. 소남원의 행수는 이자들이 자신을 찾아오기 전에 누군가에게서 이 물건들의 진정한 가치에 대해 들었다는 것을 알아채게 되고, 이 말을 전해 들은 소남원주는 대도 해제의 유물이 모여 있는 곳이라면 놓치기 아깝다고 판단하게 되지. 하지만 소남원만으로는 재력이 부족해. 그런데 마침 과거의 유물과 보물들을 사들이는 화룡선이 가까이 있네. 당연히 도움을 청하게 되는 모양새가 되는 걸세."

"결코 쉬운 일이 아니오."

대아도 면이 말했다.

"물론 쉽지 않은 일이오. 그래서 두 번째 책략도 있소."

"무엇이오?"

"화룡선에는 헤아릴 수 없는 보물이 실려 있소. 사람 몇을 죽이고 그것들을 탈취해 백단협으로 도주하는 것이오. 그러면 당연히 화룡선이 움직일 것이오."

"오히려 쉬운 방법일 수도 있겠구려."

대아도 면이 대답했다.

"물론 그렇소. 그러나 또한 위험이 따르오. 이미 마곡산의 일을 겪은 그들이오. 결코 방심하지 않을 것이오. 더군다나 화룡선이 직접 추격에 나설지도 모르는 일이고. 제대로 화룡선을 수장시키기 위해서는 역시 첫 번째 방법이 좋을 것이오."

"오죽노 님의 뜻은 어떠신지?"

궁비영이 다시 물었다.

"우선은 첫 번째 계책으로 하고, 그게 실패할 경우 두 번째 계책을 쓰라 하셨네."

소남원주 양사가 대답했다.

"그럼 이미 순서는 정해졌군요."

"그렇다고 할 수 있지."

"언제 시작입니까?"

"보름이네. 그때 화룡선이 동정호에 들어오지. 들어오자마자 내가 화룡선을 찾아갈 걸세. 그들이 동의하면 그때 자네들이 그들을 만나게 될 걸세."

"사흘 남았군요."

"그렇지. 그동안은 준비들 좀 하지? 부부 행세를 하려면 말을 맞춰놔야 할 걸세."

양사가 궁비영과 당목을 보며 말했다. 그러자 두 사람이 어색한 표정을 짓는다.

"그래서는 곤란해. 그런 표정들을 바꿔야 할 걸세."

"노력해 보지요."

"후후, 목숨이 걸린 일일세. 노력만으로는 부족하네."

양사가 나직하게 웃음을 흘렸다. 그 웃음이 왠지 소름 끼치는 궁비영이다.

"그럼 전 뭘 합니까?"

불쑥 중광이 물었다. 그러자 양사가 가볍게 대답했다.

"자넨 일책에서는 별로 할 일이 없어. 두 번째 계책을 쓰게 되면 그때는 자네의 활약을 기대하지."

양사가 빙그레 웃으며 말했다.

여인이 남장을 벗고 여인의 옷을 입었다. 그러자 모습도 변

하고 분위기도 일변했다. 그리고 그녀에 대한 누군가의 마음
도 변했다.

어부의 아낙이 입는 허름한 옷이지만 여장을 한 당목은 아
름다웠다. 그래서 궁비영은 이 일이 무척 곤욕스런 일이라고
속으로 투덜거렸다.

하지만 이미 시작된 일, 이제 와서 발을 뺄 수도 없었다. 더
군다나 오죽노의 명이 아닌가.

이틀 동안 말을 맞추자 궁비영과 당목은 얼추 그런대로 영
악한 젊은 부부로 변해 있었다.

사흘째 되는 날에는 욕심을 드러내 보이려 약간의 변용도
했다. 당목의 아름다움은 변용으로 팔 할이 가려졌다. 그녀의
눈매는 표독했고, 볼에는 살이 올라 탐욕스러워 보였다.

궁비영 역시 마찬가지였다. 허름한 어부의 옷차림은 당목과
같았고, 눈꼬리를 말아 올린 얼굴은 괴팍스럽기까지 했다. 노
련한 상인이라도 다루기 힘든 인상이다.

"배가 들어왔단다."

중광이 대청으로 들어서며 말했다. 그러자 변용을 한 궁비
영이 고개를 돌렸다.

"언제?"

"방금 전에 소식이 온 것 같더라고. 원주가 화룡선으로 갔
어."

"음, 이야기가 잘되면 오늘 밤에라도 화룡선에 갈 수 있겠
군."

궁비영이 중얼거렸다.

"이 일이 성공할 수 있을 거라 보시오?"

당목이 물었다. 그러자 궁비영이 살짝 인상을 쓰며 말했다.

"말투를 고쳐야지 않겠소?"

"때가 되면 그러겠소."

"버릇이 되면 부지불식간에 실수를 할 수도 있소."

"걱정 마시오. 그런 실수는 하지 않을 테니."

당목이 냉정하게 대답했다. 궁비영도 더 이상 당목에게 말투를 바꿀 것을 요구하지는 않았다.

궁비영이 자리에서 일어나 암기들을 챙기기 시작했다. 화룡선에 간다 해도 어부로 가는 것이니 도검을 들고 갈 수는 없었다. 만약의 경우 믿을 수 있는 것은 몸속에 숨길 수 있는 암기밖에 없었다.

궁비영이 암기를 챙기기 시작하자 당목도 암기들을 손보기 시작했다. 그런 두 사람을 보며 중광이 문설주에 기댄 채 중얼거렸다.

"아무튼 조심들 하시오. 잘못하면 비명도 못 지르고 물고기 밥이 될 테니."

*　　　*　　　*

대도 해제는 백 년 전의 사람이다. 그럼에도 불구하고 오늘날까지 그의 이름이 사람들 입에 오르내리는 것은 그가 강호에서 고금제일의 도둑으로 여겨질 만큼 뛰어난 자였기 때문이다.

그의 행보에는 정사의 구분이 없었다. 마인의 마물이나 귀인의 보물이나 그가 탐을 내면 반드시 그의 것이 되었다.

그래서 그는 정사양도 모두의 추격을 받았지만 그 누구도 그를 제압한 자는 없었다.

혹자는 그가 절대의 경지에 이른 무공을 지닌 자라고도 했다. 정사양도 고수들의 추격에서 살아남으려면 단지 빠른 발만으로는 불가능하기 때문이다.

어느 순간 소리 소문 없이 강호에서 사라질 때까지 그가 잡혔다는 소식은 들리지 않았으니 어쩌면 그 소문이 맞을 수도 있었다.

그러다 수십 년 전에 천하제일현자로 불리는 천기자 곡풍이 하나의 문서를 강호에 내놓았다.

천기자 곡풍은 평소 대도 해제에 대해 특별한 흥미를 가지고 있는 것으로 알려져 있었다. 해서 심심풀이 삼아 대도 해제가 활동하던 시절 그의 손에 들어간 보물 목록을 조사했는데 그 결과물을 재미 삼아 강호에 내놓았던 것이다.

그런데 천기자 곡풍은 그저 심심풀이 재미로 한 일이 강호에 예기치 못한 큰 평지풍파를 일으켰다.

그도 그럴 것이, 그가 내놓은 대도 해제의 보물 목록이 사실이라면 그의 유물을 찾는 순간 그자는 천하제일의 부(富)를 얻는 것은 물론, 신공절학이 담긴 비급 역시 얻을 수 있을 것이기 때문이다.

수없이 많은 자가 대도 해제의 행적을 다시 쫓기 시작했다. 이미 과거에 죽은 자이지만 그래도 세상에 자신의 흔적 하나쯤은 남겨놓았을 거란 기대를 하면서.

그러나 정말 세상에 살던 사람인가 의심이 들 만큼 대도 해제의 흔적은 한 올도 나타나지 않았다. 그리하여 천기자 곡풍에 의해 시작된 소동은 이삼 년이 지나자 시들해졌고, 대도 해제의 보물은 다시 사람들의 뇌리에서 잊혀졌다.

그러니 그 물건들이 세상에 모습을 드러냈다고 하면 천하의 그 누구도 마음이 흔들리지 않을 수 없었다.

유령문 역시 마찬가지였다.

유령문에서 궁비영과 당목을 부른 것이 화룡선이 동정호에 도착한 바로 그날 밤이라는 것이 대도 해제의 보물에 대한 유령문의 관심을 여실히 보여주고 있었다.

철썩철썩!

뱃전에 부딪치는 물결 소리가 쓸쓸하다. 하늘을 가득 채운 별이 호수에 비춘다. 맑은 물 구경하기 힘든 장강에서 기이하게도 물이 맑은 날이었다.

'이런 날은 꼭 뭔가 심상찮은 일이 벌어지게 마련이지.'

궁비영이 속으로 중얼거렸다.

그의 곁에 당목이 서 있다. 변용을 했지만 그녀에게서 느껴지는 기운, 체취가 궁비영의 마음을 흔든다. 어느 때보다도 냉

정해야 하는 때에 이런 감정의 기복이란 위험한 일이다. 그러나 그 위험이 그리 싫지 않았다.

'내가 정말 이 차가운 여자를 좋아하나?

중광이 누누이 말한 것을 애써 부인해 온 궁비영이지만, 스스로를 속일 수는 없다. 사랑은 확신보다 가슴의 흔들림이 먼저가 아닌가.

'사랑이라……. 팔자 좋구나, 궁비영. 흐흐.'

궁비영이 속으로 실실거리며 실소를 흘렸다. 이런 일이 자신에 일어날 거라고 상상이나 했겠는가.

북산에서 매일같이 기녀들과 흥청거리면서는 한 번도 이런 느낌을 받은 적이 없다. 물론 그건 그가 기녀들을 여인으로 보지 않고 그와 비슷한 불행한 인간으로 보았기 때문이지만, 그중에 그의 마음을 흔들 만한 미모를 지닌 여인이 없던 것은 아니다.

그럼에도 그 어떤 여인도 궁비영의 마음을 흔들지는 못했다. 그래서 난봉꾼 소리를 들어도 여인과 잠자리 한번 해보지 못한 궁비영이다. 그저 술 마시고 말장난하는 것이 전부인 난봉꾼이었다.

그러니 이런 마음의 동요는 처음이다. 그래서 사람마다 제 팔자에 맞는 사람이 따로 있는 모양이다.

'고약한 일이야. 설마 이렇게 골치 아픈 여인을 마음에 둘 줄이야.'

그녀가 당문의 여식이란 것도 물론 큰 걸림돌이다. 그러나 더 큰 문제는 그녀가 흑성 중에서도 냉정함으로는 둘째가라면 서러워할 사람이라는 것이다.

"무슨 생각을 그리하시오?"

문득 당목이 물었다. 다시 가슴이 철렁인다.

"별빛이 좋아 그 구경을 하고 있었소. 하늘이나 호수나 모두 별뿐이구려."

"그런 풍류가 있는 줄은 몰랐소."

"흐흐, 무명도에 들기 전에는 제법 한가락하며 놀던 나요."

"들었소. 북산의 망나니였다고."

'이런 제길!'

궁비영이 내심 욕설을 흘려냈다. 북산 망나니라니. 틀린 말은 아니지만 당목의 입에서 그 말이 흘러나오자 정말 자신이 크게 못돼먹은 사람처럼 느껴졌다.

"강호의 소문은 믿을 게 못 되오."

"지금 변명하는 거요?"

당목이 뜻밖이라는 듯 물었다. 평소의 궁비영이라면 이 정도 말은 넉살 좋게 받아넘겨야 한다.

"변명이 아니라… 에이, 뭐 그렇다고 해둡시다. 그런데 망나니도 세상의 아름다움을 즐길 수는 있소."

"하긴 그렇구려."

당목이 짧게 대답하고는 다시 입을 닫았다.

'제길!'

언제나 이런 식이다. 궁비영과 당목의 대화는 항상 길게 이

어지지 못했다. 무명도에서부터 지금까지 한 번도 오랫동안 이야기를 이어간 적이 없다. 보이지 않는 벽이 두 사람 사이에 서 있는 것처럼 말이다.

"어디서 오시는 배요?"

호수 앞쪽으로 길게 나온 숲을 돌아가자 갑자기 작은 섬 같은 커다란 배가 나타났다. 그리고 그 배 위에서 날카로운 목소리가 들렸다.

"소남원의 배요."

앞에 서 있는 소남원주 양사가 대답했다.

"소남원주시군요. 그렇잖아도 기다리고 있었습니다. 오르시지요."

배 위의 사내 말투가 정중하게 변했다. 배에서 두 개의 사다리가 내려졌다.

"드디어 화룡선이군."

궁비영이 질벽처럼 높은 배를 올려다보며 중얼거렸다.

"갑시다."

양사가 궁비영을 보고 한 소리다. 말투가 변했다. 그가 반존대를 하고 있다. 궁비영은 그의 말을 듣자 이제 정말로 흑성의 일을 해야 할 때가 왔다는 것을 깨달았다.

"가자고!"

궁비영이 당목의 손을 잡아끌었다. 그러자 당목이 준비하고 있었다는 듯 거리낌 없이 궁비영에게 이끌려 사다리를 오르기 시작했다.

"참 크고 화려하군요."

화룡선에 올라선 당목이 처음 한 말이다. 그녀의 눈빛에 감탄과 함께 탐욕의 기운도 묻어난다. 영락없이 욕심 많고 영악한 어부 아낙의 모습이다.

"흐흐흐, 우리도 곧 이런 배를 여러 척 가질 수 있을 거야."

궁비영이 맞장구를 쳤다.

"정말요?"

"그럼! 내 장담하지!"

궁비영이 손으로 자신의 가슴을 두드렸다. 그런 두 사람을 벌레 보듯 지켜보고 있던 서남원주 양사가 얼굴빛을 고치며 일행을 맞이한 사내에게 물었다.

"선주는 지금 만날 수 있소?"

"그렇소. 대신 도검은 안 되오."

사내가 양사 뒤에 서 있는 대아검 면을 보며 말했다. 대아검 면은 보통 때와 달리 평범한 검을 허리에 차고 있었다. 검은 가죽으로 가리고 있던 한쪽 눈 역시 타인에게 불쾌감을 주지 않게 잘 만들어진 비단 안대로 바꾼 그였다.

"음, 알겠소. 검을 풀게."

양사가 대아검 면을 보며 말하자 그가 묵묵히 검을 풀어 그들이 타고 온 배에 떨어뜨렸다. 그러자 배 위에 있던 석화 반궁이 가볍게 검을 낚아챘다. 그 모습을 마중 나온 사내가 날카로운 시선으로 살피고 있었다.

'무공을 가늠하는군.'

마중 나온 사내는 궁비영 일행의 행동 하나하나에서 허실을 탐지하고 있었다.

"갑시다."

양사가 사내에게 말했다.

"이쪽으로 오시오."

사내가 고개를 끄떡이고는 일행을 선실로 이끌었다.

"무슨 배가 성 같아요. 안에 들어오니 더 넓어 보이네요."

당목이 연신 감탄사를 흘렸다. 그러자 궁비영이 대답했다.

"당연한 일이지. 그 보물들을 사겠다는 사람들이 타는 밴데 오죽하겠어?"

"아이구! 이 꽃들 좀 봐."

당목이 배 안 곳곳에 매달려 있는 꽃들을 만지며 감탄한다. 영락없는 시골 아낙 같은 행동이다.

"이쪽이오."

두 사람의 목소리가 시끄럽게 들렸는지 사내가 걸음을 재촉한다. 그 재촉에 서둘러 걸음을 옮기자 문이 열린 커다란 선실이 일행 앞에 나타났다.

궁비영이 슬쩍 선실 안을 살폈다. 그 순간만큼은 흑성으로서의 본색이 잠시 나타났다 사라졌다.

선실 안에서는 세 사람이 그들을 기다리고 있었다. 그런데 이상한 것은 선실 중간에 얇은 잠사로 만든 가리개가 드리워져 있다는 것이다.

'안쪽에 다른 사람이 있군.'

궁비영이 잠사에 어른거리는 사람의 인영을 보며 생각했다.

"안으로 드시오."

사내가 선실 앞에서 멈칫하는 궁비영과 당목을 안으로 이끌었다. 그러자 두 사람이 서로 손을 꽉 잡고 안으로 들어갔다.

"어서 오시오, 양 대인."

선실에 있는 자 중 청수한 인상의 초로의 인물이 양사를 마중한다. 노인이라고 말하기에는 젊고 중년이라고 말하기에는 늙은 묘한 인상을 지닌 인물이다. 어찌 보면 나이가 들게 변용을 한 듯도 싶었다.

"오랜만에 뵙는군요, 귀 노사. 낮에는 안 계시더니 어딜 다녀오셨습니까?"

오늘만 두 번째 화룡선에 오른 양사다. 아마도 낮에는 노인을 볼 수 없었던 모양이다.

"잠시 악양에 다녀왔습니다. 사실 오늘은 그곳에서 묵을 생각이었는데 양 대인께서 좋은 제안을 하신다고 하여 급히 달려왔소이다."

"이거 송구스럽습니다. 괜히 귀 노사의 발걸음만 바쁘게 한 것이 아닌지……."

"대도 해제의 유물이라면 당연한 일 아닙니까?"

노인이 말했다. 그러자 양사가 겸연쩍은 표정으로 대답했다.

"그 일이 성사될지는 누구도 장담할 수 없는 상황이라……."

양사가 슬쩍 멀뚱하게 서 있는 궁비영과 당목을 바라봤다. 그러자 자연스레 노인의 시선도 두 사람에게로 향했다.

"이분들이시구려."

화룡선에서 제법 높은 지위에 있는 자가 분명한데도 허름한 궁비영과 당목에게 제법 예의를 차렸다. 장사를 할 줄 아는 노인이란 의미이리라.

"그렇소이다. 이보시오, 궁씨, 이분은 귀 노사라는 분이시오. 본래 중요한 사람이 아니면 뵙기 힘든데 오늘 궁씨를 보러 오셨구려."

짐짓 생색을 내는 양사다. 그러자 궁비영이 고개를 쳐들며 말했다.

"내가 듣기로 보물을 원하는 자는 걸음이 빨라진다고 하더군요."

귀 노사라는 자가 이곳에 온 것은 당연한 일이라는 것이다.

"하하, 맞소이다, 맞아. 강에서 고기를 낚는 분치고는 참으로 유식하시구려."

귀 노사라 불린 자가 너털웃음을 터뜨리며 말했다. 그러자 궁비영이 정색을 하며 말했다.

"내 비록 장강에서 배도 없이 고기를 낚아 연명하지만 과거 소싯적에는 제법 글공부를 한 놈이오. 우리 부친이 단명하셔서 그렇지, 흠, 애당초 내가 어부로 살아갈 사람은 아니외다."

"맞아요. 이 사람 아버님은 초시에도 급제하신 분이지요."

당목이 새치름하게 말했다. 만만치 않으니 속이거나 무시할 생각은 말라는 말이다.

"오, 그렇구려. 역시 내력이 있는 집안 출신이시니 보물을 알아보셨구려."

"음, 뭐, 그렇다고 내가 오래된 물건에 대해 잘 아는 것은 아니오. 물건을 알아본 사람은 따로 있소."

"그게 누구요?"

"지금에서야 말하지만 사실 이 일에는 한 사람이 더 관여하고 있소."

궁비영이 의미심장한 표정으로 말했다. 그러자 노인이 양사를 보며 물었다.

"원주께서도 모르고 계셨습니까?"

"그렇습니다. 이는 나도 금시초문인데. 물론 이전에 궁 씨가 다른 사람에게 물건을 감정받았다는 것은 알고 있지만……. 궁 씨, 그게 무슨 말이오? 다른 사람이 관여되어 있다니?"

양사가 궁비영에게 물었다. 그러자 궁비영이 빙그레 미소를 지으며 말했다.

"내가 그렇게 어수룩한 사람은 아니외다. 소남원을 찾아가기 전에 사실 나도 내가 발견한 물건에 대해 다른 사람을 통해 알아봤소."

"그건 이미 알고 있는 일이 아니오?"

"흐흐, 그럼 이 물건의 가치를 알아본 사람이 가만히 있었겠소? 당연히 욕심을 내지. 그래서 내가 그를 고용했소. 뭐… 이곳의 일이 틀어지면 그가 다른 사람을 알아볼 거요. 물론 지금쯤은 사람들을 만나고 있을지도……."

"그가 누구요?"

양사가 급히 물었다.

"그건 말할 수 없소. 아무튼 그래서 난 이미 내가 가진 보물의 가치를 알고 있소. 만약 소남원에서 터무니없는 값을 매겼으면 당연히 거래를 트지 않았을 거요. 그런데 다행히 소남원에서는 값을 오 할 정도만 후리더구려."

궁비영은 일부러 상스러운 소리를 내뱉었다.

"으음, 그거야……."

"아아, 그렇다고 소남원을 원망할 생각은 없소이다. 물론 오할이나 통치는 것이 과하기는 하나 워낙 처분이 쉽지 않은 보물들이니. 쩝, 몇 개는 가지고 있을까?"

궁비영이 낭복에게 물었다.

"그것도 나쁘지는 않지요. 한 번에 다 처분할 필요가 있겠어요?"

"맞아. 한번 생각해 보자고. 아, 미안하오. 아무튼 오 할 정도 손해는 나도 이해를 한다는 말이오."

"역시 궁 씨는 보통 사람이 아니구려. 통이 큰 사람인 줄은 내 벌써 알고 있었소."

양사가 슬슬 궁비영을 구슬린다. 그러자 궁비영이 신이 나서 말을 이었다.

"에… 그러니 적당한 선에서 합의를 보면 내 조금 손해를 보더라도 이 거래에 응할 생각이오. 말했지만 우리 집안은 대대로 학문을 한 터라 나도 물욕이 그리 많지 않소."

궁비영의 말에 장내의 사람들이 쓴웃음을 지었다. 누가 봐도 욕심이 가득한 얼굴의 궁비영이다.

"아무튼 잘 오셨소이다. 자, 자리에 앉읍시다."

노인이 궁비영 일행에게 자리에 앉기를 권했다.

화려한 선실이다. 의자 역시 귀한 여우 가죽으로 만들어 부드럽기 그지없다.

"이런 건 참 비싸겠어요. 그죠?"

당목이 한 손으로 여우 털을 쓰다듬으며 궁비영에게 물었다.

"비싸 봤자지. 흠흠!"

궁비영이 코웃음을 쳤다. 이제 곧 수만금의 주인이 될 것이니 여우 털 의자 정도야 우습게 보인다는 뜻이다.

"자, 이제 이야기를 시작해 봅시다. 그래, 대도 해제의 유물은 확실히 발견한 것이오?"

노인이 궁비영에게 물었다. 그러자 궁비영이 기분이 상한 듯한 표정으로 대답했다.

"그 이야기는 이미 끝난 것 아니오?"

"그러나 궁 씨, 아니, 궁 대협의 입으로 직접 듣고 싶구려."

대협이란 말에 궁비영의 입가에 미소가 감돈다.

"허허, 대협은 무슨. 그래도 노사께서는 거래를 제대로 하실 줄 아시는구랴. 음, 솔직히 말해 난 지금도 내가 발견한 그 동굴의 물건들이 대도 해제의 것인지 아닌지 모르겠소. 그러나 내가 가지고 나온 물건을 보고 여기 소남원에서도 그렇고 또 내가 달리 일을 부탁한 사람도 그렇고 모두 그것이 대도 해제의 것이라 하니 나도 그런 줄 아는 것이오."

그러자 귀 노사란 자가 고개를 끄덕이며 소남원주에게 물었다.

"역시 유궁의 화병이지요?"

그러자 소남원이 고개를 끄덕인다.

"맞소이다. 그 물건은 과거 천하제일부를 자랑하던 기룡장에서 대도 해제가 훔쳐 낸 화병이 확실하오. 당시 기룡장은 유궁의 화병을 잃은 후에 이상하게도 몰락의 길을 걸어 지금은 그 흔적조차 남지 않았기에 더 유명한 화병이지요."

"음, 화병이 진품이면 당연히 대도 해제의 유물이란 것이지."

노인이 천천히 고개를 끄덕인다. 궁비영은 두 사람의 말에는 신경도 쓰지 않고 선실 이곳저곳에 장식된 진귀한 물건들을 둘러보고 있었다. 그런 궁비영에게 다시 귀 노사란 자가 물었다.

"궁 대협께선 물건의 대가로 어느 정도의 금자를 원하시오?"

그러자 궁비영이 퍼뜩 정신을 차린 듯한 표정을 짓더니 이내 단호한 태도로 말했다.

"내가 듣기로 그 도둑놈의 물건들은… 음, 대도 해제라 했던 가요?"

궁비영이 양사에게 물었다.

"그렇소."

양사가 어이없다는 표정으로 고개를 끄떡였다. 지금껏 이야 기했건만 대도 해제의 이름을 다시 묻다니 생각보다 허술한 자로 보는 듯했다.

"음, 아무튼 해제인지 뭔지 하는 그자가 훔친 물건들은 하나 같이 귀한 것이라고 하더구려. 내가 살펴보니 그곳에 쌓인 물 건이 대략 이쯤……."

"아니에요. 그 두 배는 되어 보였어요."

당목이 얼른 궁비영이 말에 참견한다. 보물의 가치는 크기 의 유무에 달린 것이 아니지만, 이 부부에게는 보물의 크기가 중요했다.

"아, 그런가? 아무튼 우리가 가져온 화병이 금 일천 냥의 가 치가 있다고 했으니 그것들을 대충 합해보면… 족히 금 십만 냥은……."

"그래요. 그 정도 가치는 있을 거예요."

당목이 다시 궁비영을 거든다.

금 십만 냥. 쉽게 가늠하기 어려운 액수다.

"금 십만 냥이라……. 그야말로 누구도 홀로는 감당하기 어 려운 액수구려."

귀 노사라는 자가 말했다. 그러자 궁비영이 얼른 대답했다.

"아, 물론 우리가 그 금액을 모두 받을 수는 없지요. 사는 쪽도 이문을 남겨야 하니."

"그래서 얼마를 원하시오? 이젠 속 시원히 털어놓아 보시구려."

이번에는 양사가 물었다.

그러자 궁비영이 눈동자를 빠르게 움직이며 말했다.

"내 며칠 곰곰이 생각을 해보았소. 우리 부부에게 수만금의 금자가 생기면 과연 어떤 일이 벌어질까 하고 말이오. 아마도 우릴 아는 자들이 천하에서 모여들 것이오. 아니, 그전에 금자를 노리는 자들이 우리 두 사람의 목숨을 빼앗으려 할 거요."

"음, 그런 위험은 있을 거요."

양사가 고개를 끄떡였다. 그러자 궁비영이 다시 입을 열었다.

"그래서 내 생각에는 그 유물의 대가를 금자로 모두 받는 것보다는 큰 장원과 땅으로 받는 것이 좋을 것 같다는 생각이오."

"장원과 땅이라……."

귀 노사라는 자가 눈을 가늘게 뜨며 궁비영을 바라보았다. 그러자 궁비영이 다시 입을 열었다.

"대략 오만 금에 해당하는 장원과 땅을 준비해 주시오. 그러면 그 보물이 있는 곳을 말해주겠소."

제7장

선택

　돌아오는 내내 대아도 면의 표정이 밝지 않았다. 그가 계획한 일과 계획하지 않은 일이 동시에 일어났기 때문이다.

　그중 계획하지 않은 일을 일으킨 사람이 궁비영이다. 그러나 계획하지 않은 일이 일어났다고 해도 당장 궁비영을 탓하기도 애매하다. 왜냐하면 궁비영의 행동이 일을 쉽게 만들었기 때문이다.

　"도대체 그런 생각은 언제 한 건가?"

　대아도 면이 화를 내는 대신 이유를 물었다.

　"뭐, 특별히 생각을 해두었던 일은 아닙니다."

　"하면 즉흥적으로 땅과 장원을 요구했단 말인가?"

　"그렇습니다."

"도대체 왜?"

"내가 정말 고기나 잡고 사는 어부였다면, 그리고 큰 보물을 발견했다면 금자를 원하는 대신 땅과 장원을 원했을 테니까요. 금자를 얻는다는 것은 또 다른 보물을 얻는 것과 같지 않습니까? 그 처분이 쉬운 것이 아니지요. 지키기도 어렵고. 땅과 장원을 요구하는 것이 훨씬 자연스럽지요."

"음, 그렇긴 하네만… 일이란 것이 계획된 바에서 어긋나는 것은 언제나 위험한 법이네."

"더 좋은 수가 생기면 임기응변으로 계획을 바꿀 줄도 알아야지요. 그리고 사실 화룡선을 보니 문득 그런 욕심이 들더군요. 그래서 욕심 한번 부려본 거죠."

"자넨 일을 너무 단순하게 생각하는 경향이 있군."

"결과가 같다면 복잡한 것보다야 단순한 것이 좋지요."

궁비영의 대답에 대아도가 달리 반박을 하지 않는다. 그가 생각해도 궁비영의 말이 틀린 것은 아니기 때문이다. 그러자 노를 젓고 있던 석화 반궁이 양사에게 물었다.

"그들이 이 친구의 요구를 들어주겠소?"

"그럴 것이오. 못 들어줄 이유가 없으니까. 다만 우리에겐 약간의 시간이 더 지체되는 문제가 생겼소."

양사의 말에 이번에는 대아도 면이 고개를 저으며 말했다.

"그건 오히려 잘된 일인 듯하오. 백단협에 완벽한 함정을 준비할 시간이 부족하던 터이니까 말이오."

"하긴 토귀가 아무리 재주가 뛰어나도 시간이 부족하긴

하지."

양사가 고개를 끄떡였다.

"아무튼 일이 그런대로 잘된 것 같소. 이제 그들의 대답만 기다리면 될 것 같소."

대아도 면이 말했다. 그러자 문득 당목이 입을 열었다.

"그자는 누군가요? 혹시 보신 적이 있나요?"

당목의 물음에 양사가 당목을 보며 되물었다.

"누구 말인가?"

"잠사 뒤에 있던 자 말입니다."

"음, 아마도 화룡선주일 걸세."

"보신 적은 없으시군요."

"본래 화룡선주는 어떤 거래에도 모습을 드러내지 않지. 화룡선의 큰 거래는 모두 그 귀 노사란 자가 도맡아 한다네."

"그 귀씨 성을 쓰는 노인의 이름은 모르시나요?"

"그의 이름은 알려지지 않았네. 그저 모든 사람들이 그를 귀노사라 부를 뿐이지. 그러고 보면 정말 이상한 일이지. 오랫동안 화룡선이 강수와 하수를 오갔는데 그들에 대해 아는 것은 거의 없어."

"그러니 유령문 아니겠소이까?"

대아도 면이 대답했다. 그러자 이번에는 침묵을 지키고 있던 석화 반궁이 조심스럽게 입을 열었다.

"그자가… 그 모습을 드러내지 않는 화룡선주가 그일 가능성은 있다고 보시오?"

"그러니 누구 말이오?"

양사가 되물었다.

"유령마 말이오."

"음, 야유사군이라……."

양사의 표정이 변하며 말꼬리를 흐린다. 그러자 대아도 면이 고개를 저으며 말했다.

"내 생각에는 그렇지 않을 것 같소."

"어째서 말이오? 화룡선이 실질적인 유령문의 본거지라면 당연히 그 안에 야유사군이 있어야 하지 않겠소?"

반궁이 말했다. 그러자 대아도 면이 신중한 표정으로 대답했다.

"두 가지 이유에서 그렇소. 사실 마곡산에서 그가 입은 부상은 적지 않았소. 영원히 회복하지 못할 수도 있소. 그러니 그 몸으로 강호에 출입하는 일은 어려울 것이오. 두 번째 이유는 그가 과거 마천의 시대에도 직접 강호의 일에 나선 적이 없다는 거요. 오죽노 님의 수많은 요구… 음, 아무튼 그는 움직이지 않았을 거요."

무슨 말인가를 하려다 말고 대아도 면이 중간에 입을 닫았다. 그 표정으로 보건대 다분히 궁비영을 의식하는 눈치다. 궁비영은 그런 대아도의 행동을 모두 살피고 있었지만 특별히 관심을 보이지는 않았다. 그러나 그건 겉으로 드러난 행동일 뿐 그의 속내는 그렇지 않았다.

'오죽노의 요구에도 강호에 나오지 않았다고? 그렇다면 그

자가 한 말이 사실이란 말인가?

문득 구화방에서 만난 유령문의 고수가 떠올랐다.

오죽노의 요구라는 말이 나왔으니 하나는 확실하다. 마천의 시대 유령문과 구천맹이 특별한 관계를 맺었다는 사실이다. 오죽노나 제룡가주의 말처럼 유령문은 마천의 한 부류가 아닌 것이다.

그렇다면 유령문의 고수가 그에게 한 말이 모두 사실일 수 있다. 그의 아버지를 죽인 것은 유령마 야유사군이 아니라 구천맹일 수가 있는 것이다.

슥!

궁비영이 손을 내밀어 강물을 떠올렸다. 그러고는 젖은 손으로 얼굴을 닦았다. 찬물의 기운에 정신이 번쩍 든다.

'신중하게 생각해야 한다. 자칫하다가는 돌이킬 수 없어.'

유령문 고수의 말이 사실이라면 그가 상대해야 할 적은 유령문이 아니라 구천맹이다. 쉽지 않은 일이다. 구천맹을 상대하기가 힘든 것이 아니라 한순간에 상대할 적이 바뀔 때 일어날 수 있는 거대한 변화가 감당하기 힘든 것이다.

'모든 것을 버려야 하는 일이야.'

궁비영이 문득 당목을 바라보았다. 당목이 기이한 시선으로 그를 보고 있다.

'이 여자도……'

구천맹을 공격하자면 당목 역시 적으로 돌려야 한다.

'내가 과연 그럴 수 있을까?'

사랑이 생겨난 것을 스스로 확신한 궁비영이다. 아마도 그건 그가 세상에 태어나서 처음 느낀 감정일 것이다. 당황스럽지만 또한 가슴 떨리게 신비로운 경험이기도 했다.

그런 그녀를 적으로 돌릴 수 있을까?

"후……!"

궁비영은 다시 손을 물에 담갔다가 얼굴을 씻었다.

"무슨 고민이라도 있나?"

궁비영의 모습이 이상해 보였는지 대아도 면이 물었다.

"변용을 하고 있자니 조금 답답하군요."

궁비영이 둘러댔다.

"혹성이라면 익숙해져야 하네. 당분간은 그 모습으로 살아야 해."

대아도 면이 말했다.

"그래야지요. 그런데 세 분 모두 그 마곡산의 혈사에 참여하셨습니까?"

"음, 나와 반 형은 참여했지. 원주께서는 이곳을 떠날 수 없는 분이고."

대아도 면이 대답했다.

"그런데 그건 왜 묻나?"

이번에는 석화 반궁이 궁비영에게 물었다. 조금은 의심 어린 시선이다.

"제룡가를 떠날 때 야유사군이란 자에 대해 들은 것이 있어서 말입니다."

"그래, 무슨 말을 들었나?"

"아버님이 그에게 당했다고 하더군요. 곤륜에서 그를 쫓다가."

"음, 모두 그렇게 생각하고 있네."

"마곡산의 혈사는 그럼 그 일 이후에 일어난 것이겠군요."

"그, 그렇다네."

반궁이 어색하게 대답한다. 그러자 궁비영이 다시 물었다.

"두 분은 그 야유사군이란 자의 얼굴을 보셨습니까? 강호 출입을 하지 않았다니 다른 때는 볼 수 없었을 테지만, 마곡산에 가셨다니 그곳에서는 보셨는지 해서 말입니다."

궁비영 물었다. 표정은 그저 단순한 호기심 때문에 묻는 것으로 보였다.

"음, 슬쩍 보기는 했지. 알려진 대로 워낙 유령 같은 자라서……."

"그의 무공이 대단했나요?"

그러자 이번에는 대아도 면이 대답했다.

"대단했지. 아니, 전율적이었지. 그 화마 속에서 맹의 형제 수십을 상하게 했으니까. 최후에는 마곡산을 뒤덮은 화마 속으로 뛰어 들어갔는데… 모르는 일이지. 죽었을지 살았을지. 하지만 그의 시신이 발견되지 않았으니 아마도 살아 있을 걸세."

"그렇군요. 그런데……."

궁비영이 뭔가를 망설였다. 그러자 소남원주 양사가 물었다.

"더 알고 싶은 것이 있는가?"

"조금 이상한 것이 있어서 말입니다."

"말해보게."

"비록 유령문이 마천에서 떨어져 나왔다 해도 구천맹이라는 공동의 적을 두고 서로 내외를 한다는 것이……."

궁비영의 말에 양사가 얼른 입을 연다.

"그건 사실 그만한 이유가 있네. 마천과 유령문의 헤어짐이 결코 아름답지는 않았다는 것이지. 서로 간에 피도 제법 많이 흘린 것으로 알고 있네."

"그렇군요. 공동의 적을 두고도 힘을 합칠 수는 없는 정도로 관계가 나빠진 것이군요. 하면 이번 일에 마천의 마두들이 관여할 걱정은 하지 않아도 되겠군요."

"당연한 일이네. 설혹 그들이 이 싸움을 안다 해도 아마 어부지리를 노리기 위해 지켜만 볼 걸세."

양사가 고개를 끄떡이며 대답했다.

그사이 배가 소남원에 이르렀다.

"다 왔군."

양사가 자리를 털고 일어났다.

"답은 언제 준다고 했소이까?"

반궁이 물었다.

"내일이면 답이 올 것이오."

양사가 대답을 하고는 배에서 내려 장원으로 이어지는 계단을 오르기 시작했다.

"무슨 고민이 있소?"

거처로 들어서기 전 당목이 물었다. 돌아오는 내내 궁비영의 행동이 이상해 보인 모양이다.

"별일 아니오."

"표정이 좋지 않던데……."

당목이 다시 물었다. 그러자 궁비영이 잠시 생각에 잠겼다가 입을 열었다.

"그대는 유령문에 대해 얼마나 아시오?"

그러자 당목이 흠칫한 표정을 짓는다. 그 모습에서 궁비영은 그녀가 적어도 자신보다는 유령문에 대해 좀 더 많은 것을 알고 있다는 것을 깨달았다. 하긴 비록 혹성이기는 해도 그녀는 당문주의 혈육이다.

"뭘 알고 싶은 것이오?"

"내내 느끼고 있었지만 유령문과 구천맹 사이에 내가 모르는 뭔가가 있는 것 같아서 말이오."

"그건……."

"말해줄 수 없는 것이면 상관없소. 들어갑시다."

궁비영이 미련 없다는 듯 신형을 돌렸다. 그러자 당목이 급히 입을 열었다.

"두 세력은 한때 잠시 손을 잡았소."

'역시 그의 말이 사실이었던가!'

내심 탄식이 흐른다. 이렇게 되면 유령문 고수의 말을 믿을 수밖에 없다.

"그게 무슨 소리요? 구천맹과 유령문이 손을 잡았다니?"

궁비영이 짐짓 의아한 표정으로 당목을 돌아보았다.

"적의 적은 친구라고… 유령문이 마천에서 떨어져 나온 후 그들과 구천맹은 잠시 마천을 상대하기 위해 손을 잡았다고 알고 있소. 물론 그 관계가 그리 길게 가지는 않았지만."

"음, 이제야 알겠구려."

"무엇을 말이오?"

"유령문의 유령사들이 곳곳에서 구천맹의 인물들을 암살하는 이유 말이오. 아마도 마천의 시대가 끝난 이후 맹이 그들을 배신한 모양이구려. 아니오?"

"……"

당목이 입을 닫았다. 그러고는 훌쩍 먼저 거처로 들어갔다.

"어? 이제 오시오?"

안쪽에서 중광의 목소리가 들렸다. 그럼에도 궁비영은 안으로 들어갈 생각을 하지 않았다. 머리가 실타래 헝클어진 것처럼 어지러웠다.

'열 중 아홉은 진실이다. 이제 하나의 사실만 확인하면 되겠군.'

무거운 마음으로도 궁비영이 다음 수순을 생각했다. 그러나 그 마지막 하나의 진실을 확인하는 것은 거의 불가능할지도 모른다. 그건 바로 그의 아버지 궁도요를 과연 누가 죽였는가 하는 문제이다.

"뭐해, 왔으면 들어오지 않고?"

당목이 들어왔음에도 안으로 들어오지 않고 밖에 서 있는 궁비영을 중광이 마중 나왔다.

"들어가자."

궁비영이 굳은 얼굴로 말했다.

"뭐야? 무슨 일 있는 거야?"

"아무 일도 아냐. 들어가."

궁비영이 중광의 어깨를 툭 치고는 먼저 안으로 들어갔다.

"그러니까 네 말은 먼저 배신한 것은 구천맹이란 말이지?"

중광이 심각한 표정으로 물었다.

"그래."

"음, 하긴 그래야 말의 아귀가 맞지. 그런데 말이다, 비영."

중광이 굳은 얼굴로 궁비영을 불렀다.

"말해봐."

"설혹 그게 진실이라 해도 우리에게 달라지는 것은 없어. 강호가 비정한 곳임을 몰랐던 것도 아니고. 이유야 어찌 되었든 유령문은 지금 구천맹의 제일 적이다."

중광의 말에 궁비영이 묵묵히 고개를 끄떡였다.

"그들이 억울한 일을 당했다고 해도 우리는 그들을 상대해야 해. 그게 강호의 생리니까. 그리고 솔직히 우리가 뭐 그렇게 정인군자는 아니잖아?"

"흐흐, 하긴 그렇다."

궁비영이 나직하게 실소를 흘렸다. 하지만 여전히 얼굴은 굳어 있다.

"그리고 비영, 넌 가장 중요한 일을 잊고 있어."

"무슨?"

"우리 아버지들이 그 유령문의 문주라는 유령마 야유사군에게 죽임을 당했다는 사실. 배신이야 누가 먼저 했는지 모르겠지만 어쨌든 그 사실은 변하지 않는다."

"음······."

궁비영이 침음성을 흘렸다. 내심 그 사실조차 의심하고 있다는 말은 차마 할 수 없었다. 그건 그와 중광 모두를 위험에 빠뜨리는 일이다.

그리고 유령문의 그, 궁비영의 인생에 여러 번 마주쳤던 그자의 말을 가슴에 새기지 않을 수 없었다. 누구에게도 자신이 한 말을 하지 말라던.

"잠이나 자자."

궁비영이 침상에 벌렁 드러누웠다. 그런 궁비영을 측은한 눈으로 보고 있던 중광이 입을 열었다.

"비영, 난 말이다. 어떤 경우라도 네가 다치지 않길 바란다."

"네 걱정이나 해."

"나도 충분히 조심하지. 하지만 사실 사람들이 보는 것과 달리 넌 가끔 나보다 더 무모한 면이 있어서 말이야."

"걱정 마라. 나이가 몇인데······."

"제길, 나이로 천성이 변하냐?"

중광이 투덜거리고는 자신도 침상에 몸을 뉘였다. 그렇게
한참 두 사람은 침묵을 지켰다. 그러다가 궁비영이 불쑥 입을
열었다.

"그자를 한번 만나보고 싶어. 그래서 한번 겨뤄보고 싶어.
얼마나 센지. 묻고 싶은 말도 있고."

"누굴?"

"야유사군."

"미친놈!"

중광이 욕설을 내뱉고는 벽을 향해 돌아누워 버렸다.

＊　　　＊　　　＊

궁비영의 입에서 나직한 노랫소리가 흘러나온다. 흥얼거리
는 그 소리가 듣는 사람들 얼굴을 절로 찌푸리게 했다. 탐욕스
런 인간이 자신의 욕심을 채웠음을 즐거워하는 소리이기 때문
이다.

"그만 좀 해요."

당목이 사람들의 눈치를 보며 궁비영을 책망했다. 그러나
그녀의 얼굴에도 숨길 수 없는 즐거움이 담겨 있다.

"아니, 내가 뭘?"

"아무리 듣기 좋은 노래도 계속 들으면 성가신 법이에요. 당
신의 노랫가락이 아무리 구수해도 마찬가지라고요."

참으로 죽이 잘 맞는 부부다. 궁비영의 노래가 그리 구수하
지는 않다. 그래서 부창부수라는 말이 생겨난 모양이다.

　"허험, 그런가? 그래, 얼마나 남았소?"

　궁비영이 배 앞쪽에 있는 노인을 보며 물었다.

　"조금만 더 가면 되오."

　소남원주 양사에게 귀 노사라 불리던 노인이 뒤도 돌아보지
않고 대답했다.

　"분명히 말하지만 우리 부부 마음에 들어야 하오. 땅도 장원
도."

　"가보면 만족할 것이오."

　"흐흠, 어떤 땅일꼬?"

　궁비영이 기대 가득한 표정으로 중얼거렸다.

　화룡선에서 거래에 합의하겠다는 소식이 온 것은 예상보다
늦은 삼 일 후였다. 그런데 그들이 답을 늦게 한 것은 이 거래
를 하느냐 마느냐를 고민해서가 아니었다.

　그들은 그 삼 일 동안 벌써 궁비영 부부에게 건넬 장원과 토
지를 준비해 놓았던 것이다. 대단한 속도가 아닐 수 없었다.
어쩌면 애초부터 자신들이 가지고 있던 장원을 넘기는 것이
아닌가 하는 생각이 들 정도였다.

　그러나 그야 아무래도 상관없었다. 거래만 성사되면 서로
문제될 것이 없었다.

　"저기요."

　문득 귀 노사가 입을 열었다. 궁비영이 그의 손이 가리키는

곳을 바라보니 절벽 위에 우뚝 서 있는 한 채의 장원이 보였다. 그 아래로 아름다운 동정호가 펼쳐져 있어 한눈에 보기에도 수만금은 주어야 살 수 있는 장원이다.

"어! 좋은걸!"

궁비영이 자못 만족한 표정으로 말했다.

"그러게요. 소남원보다도 큰 것 같아요."

"에이, 어디 그럴까. 하지만 뭐 무척 크긴 하군."

궁비영이 연신 고개를 끄덕였다.

"그 뒤쪽엔 넓은 전답이 있소. 일 년에 능히 수천 석의 수확을 걷을 수 있는 크기요. 덤으로 오른쪽 송림 역시 궁 대인의 몫이오."

노인이 빠르게 궁비영이 볼 이득을 설명했다. 이젠 호칭마저 궁 대인이다.

"호호, 이거 생각보다 훌륭하구려."

"물건이 제대로이기만 비랄 뿐이오."

"그야 뭐 내가 눈으로 확인했으니. 그런데 당장 들어가 살 수 있소?"

궁비영이 물었다. 그러자 노인이 고개를 저었다.

"그건 물건을 본 후에……."

"아니, 아니지. 물건을 차지한 후 집문서며 땅문서를 넘기지 않으면 난 어떡하겠소? 지금 넘기시오."

궁비영이 고집을 피운다. 그러자 노인이 기분이 상한 듯 말했다.

"화룡선은 단 한 번도 약속을 어긴 적이 없소."

"흐흐, 그야 난 모르는 일이오. 화룡선이라는 것이 있다는 것도 이번에 처음 알았는데……."

"좋소, 그럼 문서는 넘기겠소. 다만 들어가 사는 것은 물건을 확인한 이후요."

"음, 뭐, 나도 조금은 양보를 해야지."

궁비영이 능글맞게 웃었다. 그러자 지금껏 잠자코 두 사람의 대화를 듣고 있던 양사가 물었다.

"그럼 언제 해제의 보물이 있는 곳으로 가겠소?"

"음, 내일 갑시다. 오늘은 피곤하니."

궁비영이 기지개를 켜며 말했다.

"알겠소. 그럼 그리 준비하리다. 화룡선이 직접 움직이시렵니까?"

양사가 귀 노사를 보며 물었다. 그러자 노인이 고개를 끄떡였다.

"들은 말대로라면 물건의 양이 적지 않으니 그럴 생각이오. 해제의 유물이 확실하다면 옮기는 과정에서 문제가 생길 수도 있으니까 처음부터 화룡선이 움직이는 것이 안전하오. 다행히 뱃길도 있다고 하니."

그러자 궁비영이 얼른 대화에 끼어들었다.

"하지만 역류가 일어나 배가 움직이기 쉽지는 않소. 그래서 어부들도 배로는 잘 들어가지 않소. 나올 때 고생을 하는 곳이라서……."

"걱정 마시오. 화룡선은 물살에 구애받지 않으니."

"하긴 내 처음 볼 때부터 보통 배는 아니라고 생각했지."

궁비영이 고개를 끄떡였다. 그러자 양사가 귀 노사란 자에게 물었다.

"들으신 대로 내일 바로 출발할 수 있겠소?"

양사의 얼굴에 약간의 조급함이 묻어난다. 대사를 성사시킬 기회를 얻게 된 자의 흥분이다.

"이틀 뒤에 가겠소."

"아니, 당장 내일 가면 될 일을?"

내일 가자던 궁비영이 불만스런 표정을 지었다.

"기다리는 사람이 있소. 그분이 오시면 함께 갈 것이오."

"그게 누군데 그러시오?"

"화룡선의 일을 모두 알 필요는 없지 않소?"

"흐흐, 그건 그렇지."

궁비영이 겸연쩍은 웃음을 흘렸다.

"일단 돌아갑시다. 그리고 이틀 뒤에 화룡선에서 봅시다."

귀 노사가 양사에게 말했다.

"좋소, 그럼 그럽시다!"

약속대로라면 이 거래를 통해 소남원에 떨어지는 금자도 헤아리기 쉽지 않을 만큼 많다. 아마도 화룡선이 얻는 이득에 버금갈 터이니 양사 역시 짐짓 흥분한 표정이다.

배가 머리를 돌렸다. 그리고 천천히 화룡선과 소남원이 떠 있는 곳으로 돌아가기 시작했다.

"흐흐흥!"

궁비영이 다시 콧노래를 부르기 시작했다. 그러자 당목이 싫지 않은 표정으로 말했다.

"또 시작이에요?"

"아이구, 이거 나도 모르게 계속 노래가 나오네. 히히!"

궁비영이 실없는 웃음을 흘려댔다.

       *   *   *

문을 열자 찬바람이 들어온다.

"왜?"

"잠시 나갔다 올게."

중광의 물음에 궁비영이 대답했다.

"어딜?"

"마음이 심란해. 산보나 다녀오마."

"젠장, 산보를 가는데 왜 창문으로 나가?"

중광이 투덜거렸다.

"문으로 나가면 거치적거리는 사람이 많아."

"알았다. 가자."

중광이 자리를 털고 일어났다. 그러자 궁비영이 손을 들어 말렸다.

"혼자 갔다 오마."

"뭐? 정말 아무 일 없는 거야?"

중광이 걱정스런 표정으로 다시 물었다.

"아무 일 없어. 조금 심란할 뿐이야."

"도대체 이유가 뭐야? 모든 일이 잘되고 있는데……."

"글쎄, 왠지 나도 모르겠다. 다녀오마."

"빨리 와. 괜히 걱정시키지 말고."

"알았어!"

궁비영이 대답하고는 훌쩍 창문을 날아 넘어 어둠 속으로 사라졌다.

"저 자식이 왜 저러지? 한 번도 본 적이 없는 얼굴인걸. 가만 있자, 역시 당 여협 때문에 그런 건가? 마음에 두고 있는 것은 확실해 보이던데. 흠, 당문의 여식이라……. 쉽지 않지. 아무리 그녀가 흑성이 되었다고 해도 당문주의 혈육이라면 용혈이다. 우리 같은 방계의 사람들이 감히 넘볼 바가 아니지. 휴!"

중광이 넋두리를 늘어놓으며 고개를 가로저었다. 그러고는 궁비영이 날아 넘은 창문을 지그시 응시했다.

한순간에 십여 장 넓이의 지붕을 이동했다. 월천보다. 시간이 지날수록 궁비영의 월천보는 능숙해지고 있었다. 그러나 그의 동료들, 하물며 중광조차도 궁비영의 성취를 제대로 알지 못했다.

월천보는 특별했다. 어쩌면 변용을 하는 것 말고는 환술 천환이 필요 없을 정도로 궁비영의 월천보는 진보했다.

공간을 잡아먹는 거리가 점점 늘어나 이제는 십여 장에 이르고 있었다. 누가 본다면 도인이 나타나 축지법을 쓰는 것이라고 말했을 수도 있었다.

그렇게 자신의 능력을 최대한 끌어낸 궁비영이 서남원을 벗어났다. 그가 서남원을 벗어나는 것을 본 사람은 아무도 없었다.

궁비영은 쉬지 않고 이각여를 달렸다. 그 짧은 시간에 이미 서남원으로부터 십여 리를 벗어난 궁비영이다.

그렇게 사람들의 시선을 피해 움직인 궁비영이 한순간 걸음을 멈췄다. 동정호가 내려다보이는 고목의 꼭대기에서 흔들리는 바람을 맞으며 선 궁비영이 주위를 살폈다.

사방은 고요했다. 세상의 모든 것이 잠들 시간이니 당연한 일이다. 그런데 그 고요 중에 문득 한 줄기 기운이 다가와 궁비영의 육감을 자극했다.

"왔나?"

궁비영이 중얼거리며 시선을 동쪽으로 돌렸다. 그러자 숲의 저쪽 호수에서부터 이어진 비탈을 따라 한 줄기 검은 그림자가 궁비영을 향해 날아오는 것이 보였다.

그림자는 삽시간에 궁비영과의 사이를 좁혔다. 놀라운 무공이다. 궁비영의 월천보에 버금가는 움직임이었다.

툭!

어둠을 타고 날아온 그림자가 궁비영과 사 오 장 떨어진 거리의 나무 위에서 멈췄다.

그 순간 기다렸다는 듯 한 줄기 바람이 불어와 어둠을 밀어내고 달빛을 데려왔다. 그림자의 얼굴이 달빛 속에 드러났다. 익숙한 얼굴이다.

"귀 노사께서 오실 줄은 몰랐소이다."

궁비영 앞에 나타난 자는 오늘 낮까지만 해도 대도 해제의 유물을 두고 궁비영과 거래하던 유령선의 노인 귀 노사다.

"나도 그대가 배에 글을 남길 줄은 몰랐소."

귀 노사가 말했다.

"역시 화룡선은 유령문의 것이었구려. 맹의 정보가 틀리지 않았어."

"맹이라……. 하면 역시 소남원은 구천맹이 만든 곳이었군."

"예상하고 있었소?"

뜻밖이라는 듯 궁비영이 물었다.

"오래전부터 주시하고는 있었소."

"음, 그런데 왜 이 거래에 응한 것이오? 혹 역습을 준비하고 있었던 것이오?"

"그건 아니오. 충분히 조심할 생각이기는 했으나 이 거래에는 응하려 했소. 왜냐하면 정말 대도 해제의 유물이 있다면 그건 우리 유령문으로서도 쉽게 포기할 수 없는 것이니까. 그리고 소남원은 몰라도 궁 대인, 지금도 그렇게 불러야 하나 모르겠지만 그대는 진짜일지도 모른다는 생각을 하고 있었소. 소남원 역시 좀 더 조사가 필요한 상태였고. 거부할 이유가 없는 거래요."

귀 노사의 말에 궁비영이 고개를 끄덕였다. 소남원의 정체를 확신하지 못하는 상황에선 포기하기 어려운 거래였을 것이다.

"혹 그도 이곳에 있소?"

궁비영이 물었다. 그러자 귀 노사란 자가 고개를 저었다.

"서왕께서는 여전히 성도에 계시오."

"서왕이라······. 유령문에 사왕이 있다더니 그가 그중 한 명이었구려."

"그렇소. 그리고 나는 동왕 귀보전이오."

순간 궁비영이 내심 당황했다. 귀 노사라 불린 자의 정체가 유령사왕 중 한 명이라서가 아니었다. 그가 왜 자신에게 진실한 정체를 드러내느냐는 것이다. 그것도 거리낌이 없다.

'날 믿는다는 것인가?'

혼란스러운 일이다. 유령문에 속한 자들이 그동안 궁비영 자신에게 보여준 호의는 적지 않았다. 한편으로는 지나쳐서 경계심이 생길 정도였다.

"내게 그런 이야기를 해도 걱정이 되지 않소?"

궁비영이 물었다. 그러자 스스로 동왕이라 밝힌 귀보전이 대답했다.

"전혀 걱정하지 않소."

"어째서 그렇소? 난 아직 구천맹의 사람이오."

"하지만 배에 은밀히 글을 남겨 날 부르는 순간 구천맹에서 마음이 떠난 것 아니오?"

"그건 단지 모든 것이 불확실하니 일을 확실히하기 위함이었소."

"일을 확실히 하기 위함이라……. 하면 이곳에서 내게 검을 겨눌 수도 있겠구려."

"경우에 따라서는……."

궁비영이 대답했다. 그러자 유령문의 동왕 귀보전이 빙그레 미소를 짓는다.

"그대는 결코 내게 검을 겨누지 못할 것이오."

"왜 그렇게 확신하시오?"

"그건 내가 그대의 마음을 확실히 돌릴 수 있는 한 가지 비밀을 말할 것이기 때문이오."

순간 궁비영은 눈을 가늘게 떴다. 상대가 이렇게 자신한다면 결코 간단한 일은 아닐 것이다.

"말해보시오. 무엇이 그대에게 그런 대단한 자신감을 주었는지."

궁비영이 말했다. 그러자 동왕 귀보전이 잠시 침묵을 지키다가 품속에서 무엇인가를 꺼내 날카롭게 궁비영에게 던졌다.

팟!

마치 암기처럼 귀보전의 손을 떠난 물건이 궁비영 가슴 근처로 날아왔다. 궁비영이 재빨리 물건을 낚아챘다.

'대단한 공력이다.'

궁비영은 내심 감탄했다. 그의 손에 들린 것은 작은 양피지 조각. 그런데 그 가벼운 물건에 담긴 무게는 천근이다. 귀보전이 공력을 실어 보낸 것이다.

궁비영에게 경고를 하기 위함인지, 혹은 무공을 시험하려는 의도인지 모를 일이다.

"무엇이오?"

궁비영이 물었다.

"읽어보시오."

귀보전이 말했다. 그러자 궁비영이 의아한 표정을 지으면서 양피지 조각을 살폈다.

―나는 살아 있다.

기이한 일이다. 귀보전이 던진 양피지 조각에는 오직 이 한 줄의 글이 쓰여 있을 뿐이다. 나는 살아 있다는 그 말은 귀보전이 말한 그 중대한 비밀이라기엔 너무나 평범했다.

그러나 세상에서 오직 한 명, 궁비영에게만은 그렇지 않았다. 궁비영의 눈이 경악으로 부릅떠졌다. 동공이 크게 흔들렸다. 양피지를 들고 있는 손을 사시나무 떨 듯 떨어댔다.

그렇게 한참의 시간이 흘렀다. 궁비영은 계속해서 자신의 손에 들린 양피지와 그 안의 글을 살폈다. 마치 안광으로 양피지에 구멍이라도 뚫을 듯한 모습이다.

그러다 문득 궁비영이 고개를 들었다. 그의 눈이 어느새 평정심을 되찾았다.

그 모습에 귀보전의 얼굴에 감탄의 기색이 엿보인다. 그가 전해준 비밀을 알고도 이렇게 빨리 평정심을 되찾은 궁비영에 대한 감탄이다.

"어디 계시오?"

궁비영이 물었다.

"장소를 말할 수는 없소."

"유령문에 잡혀 계시는 것이오?"

궁비영이 다시 물었다.

"그건 아니오. 본 문이 보호하고 있는 것이오."

"보호라……. 그 말은 누군가의 위협을 받고 있다는 말이오?"

"그가 살아 있다는 것을 아는 순간 아마도 구천맹은 가장 강한 자를 보내 그를 제거하려 할 것이오. 왜냐하면 그는 구천맹의 치부와 같은 존재니까."

"나로선 의심하지 않을 수 없소. 과연 그분이 보호되고 있는 것인지, 혹은 잡혀 계신 건지 말이오."

그러자 귀보전이 고개를 끄떡였다.

"물론 그럴 것이오. 하지만 그건 만나보면 알지 않겠소?"

"지금 당장 맹을 떠나라는 것이구려."

궁비영의 말에 귀보전이 고개를 끄덕였다.

"그렇소. 그러나 이는 그대의 부친을 두고 거래하자는 것이 아니오. 단지 그대의 안위를 생각해서 하는 말이오."

"내가 위험하다고 보시오?"

"그렇소."

귀보전이 망설이지 않고 대답했다.

"어째서 그렇소?"

"오죽노가 그대를 흑성으로 만들었다는 사실이, 그리고 그가 이 일에 당신을 투입했다는 것이 당신이 위험하단 증거요. 흑성은 그들에겐 소모품일 뿐이오. 당신의 부친이 그러했듯 그들은 필요하다면 언제든 그대를 버릴 것이오. 어쩌면 이번 일이 그때일지도 모르오. 대도 해제의 유물이 거짓이란 걸 아는 순간 본 문이 그대를 어찌할지는 오죽노가 더 잘 알고 있을 테니 말이오."

귀보전의 말에 궁비영이 가타부타 말을 하지 않았다. 모든 것이 혼란스럽다. 특히 죽었다던 아버지 궁도요가 살아 있다는 사실 자체가 그의 판단력을 저하시키고 있었다.

그렇다고 궁도요의 생존을 의심할 수도 없었다. 양피지에 쓰인 글은 분명 아버지 궁도요의 필체다. 거기에 더해 그만이 알아볼 수 있는 궁가의 표식까지 있으니 더더욱 의심할 수 없는 사실이다.

하지만 그렇다고 해서 이자의 말을 온전히 믿는 것도 위험하긴 마찬가지였다.

'일 푼의 위험이라도 간과하면 저승길이야.'

궁비영이 스스로에게 주의를 주었다. 그러고는 귀보전에게 물었다.

"아버지가 내게 오실 수는 없소?"

"궁 대협은 지금… 움직이지 않으시려 하오."

"몸이 좋지 않으시오?"

"몸과 마음 모두 힘든 시간을 보내고 계시오. 그나마 그대가 흑성이 되었다는 소리에 처음으로 세상일에 반응을 보이셨소. 그러니 만나려면 그대가 움직여야 하오."

귀보전의 말에 궁비영이 나직하게 한숨을 쉬며 고개를 저었다. 진실과 거짓을 구분하기 힘든 상황이다. 그럼에도 선택은 오직 그의 몫이다.

"유령문은 어찌할 생각이오?"

궁비영이 물었다.

"무엇을 말이오?"

"이번 일 말이오."

"어찌하면 좋겠소?"

외려 귀보전이 묻는다.

"유령문의 행보를 왜 내게 묻는 것이오?"

"그대가 우리에게 이번 일의 내막을 알리기로 한 것은 필시 바라는 바가 있기 때문이라 생각하오만."

그러자 궁비영이 고개를 저었다.

"유령문에 무엇을 바라고 한 일이 아니오. 그러니까… 유령문의 서왕께서 한 말의 진위를 알지 못했기에 이번 충돌을 막으려 했을 뿐이오. 진실을 모르는 상황에서 나로 인해 유령문과 구천맹 어느 쪽이든 함정에 빠지는 일이 없기를 바란다고나 할까."

"알겠소. 그럼 지금은 어떻소? 마찬가지요? 우리 입장에서는 이번 일을 잘 이용하면 외려 구천맹에 큰 타격을 줄 수 있는 데……. 잘하면 오죽노도 잡을 수 있을 거요. 물론 그대가 허락한다면 말이오."

"내가 허락하지 않는다면 어쩌겠소?"

"우린 내일 조용히 동정호를 떠날 것이오. 이미 화룡선의 정체가 오죽노에게 알려진 이상 화룡선을 더 이상 세상에 내놓을 수는 없는 일이니 말이오. 어느 쪽을 원하시오?"

귀보전이 물었다. 그러자 궁비영이 한숨을 쉬며 말했다.

"일단은 동정호를 떠나주시오."

"아직 우리를 믿지 못하는 것이오?"

"구 할의 확신이 있어도 일 할의 의심을 갖고서는 생사를 함께할 수 없는 법이오."

궁비영이 대답했다.

"알겠소. 하면 유령문은 내일 중으로 동정호에서 사라질 것이오. 그리고 곧 다시 찾겠소."

"아버님의 다른 전갈을 받고 싶소만……."

"알겠소. 그리 전해보리다. 그럼 몸조심하시오. 특히 오죽노를 조심하시오."

귀보전이 주의를 주고는 몸을 날리려는데 문득 궁비영이 그를 불렀다.

"잠깐!"

"더 할 말이 있소?"

"혹 중천산이란 분도 살아계시오?"

"중천산이라면 궁 대협과 마찬가지로 제룡가 출신의 그 흑성을 말하는 모양이군."

"그렇소."

그러자 귀보전이 의아한 표정으로 되물었다.

"그의 생사를 왜 내게 묻소?"

"들기로 그분이 아버님과 함께 일을 당했다 해서 묻는 말이오. 더군다나 두 분은 절친이셨고."

"음, 그렇지 않소. 궁 대협께서 마곡산에서 일을 당할 때는 혼자셨소."

"그럴 리가 없는데?"

궁비영이 고개를 갸웃했다.

"글쎄, 난 그에 대해선 더 해줄 말이 없구려. 내가 알고 있는 사실은 궁 대협이 당시 혼자였단 것이오. 그럼 다음에 또 봅시다."

귀보전이 한순간에 장내에서 사라졌다. 그러사 궁비영이 의혹 가득한 표정으로 중얼거렸다.

"알 수 없는 일이다. 도대체 뭐가 어떻게 된 건지. 휴, 정말 살아계시다면 아버지를 만나봐야겠지. 그래야 이 모든 의문이 풀린다. 그런데 이게 그들의 함정이라면… 후우, 꼼짝없이 죽겠지."

궁비영의 한숨이 길게 이어졌다.

제8장
죽마고우

　모든 일이 어그러졌다. 궁비영만의 문제가 아니었다. 소남원이 아침부터 소란스럽다. 평소에는 볼 수 없던 일이다.

　구천맹이 천하의 일을 은밀히 관장하기 위해 만든 비밀스런 장원이었기에 비록 상가의 모습을 하고 있지만 소남원은 조용한 곳이었다. 그런데 그날 아침은 이른 새벽부터 장원이 소란스러웠다.

　"이게 무슨 일이지?"

　먼저 자리에서 일어난 것은 중광이었다. 궁비영은 여전히 침상에 누워 있었다.

　"잠이나 더 자. 아직 해 뜨려면 멀었어."

　궁비영이 잠결에 중얼거렸다.

"무슨 일이 벌어진 것 같아."

"일이 있으면 부르겠지."

궁비영이 이불을 머리까지 덮어썼다. 바깥에서 무슨 일이 일어나든 지금 그의 머릿속만큼 복잡하지는 않을 터였다.

유령문의 동왕 귀보전을 만나고 돌아온 지난밤 궁비영은 한숨도 잠을 이루지 못했다. 그가 전한 말의 진위 여부를 떠나 당장 오늘부터 어떻게 움직일지 갈피를 잡을 수 없었다.

쿵쿵!

"일어들 났는가?"

문득 문밖에서 대아검 면의 목소리가 들렸다. 중광이 재빨리 문을 열었다. 궁비영 역시 대아검이 나타난 이상 침상에 누워 있을 수만은 없어서 부스스 몸을 일으켰다.

"무슨 일입니까?"

중광이 안으로 들어서는 대아검 면에게 물었다. 그러자 대아검이 조급한 표정으로 말했다.

"일어나게. 출행이네."

"어디로 말입니까?"

"놈들이 사라졌어."

"놈들이라 하시면……?"

"화룡선의 유령들 말일세."

"엇? 어떻게 그런……?"

"화룡선을 놓치면 다시 그들의 꼬리를 잡기 어렵네. 서둘러 그들을 추격해야 하네."

"알겠습니다."

중광이 재빨리 벽에 걸린 도를 집어 들고 떠날 차비를 했다. 궁비영 역시 묵묵히 검과 병기들을 챙기고 대아검 면을 따라 나섰다.

소남원에서 출발한 배가 두 척, 동정호 곳곳에 숨어 있는 구천맹의 간자들이 띄운 배가 또 다섯 척이다. 그러나 이틀 동안의 추격에도 불구하고 누구도 화룡선을 발견하지 못했다. 그렇게 큰 배가 하룻밤 새에 세상에서 사라져 버린 것이다.

"설마 침몰한 것은 아니겠지?"

중광이 딱딱한 표정으로 중얼거렸다.

"그래도 사람들 눈에 띄었을 거야."

궁비영이 대답했다.

"음, 그렇겠지? 그럼 어디로 갔을까?"

중광이 되물었으나 궁비영은 대답하지 않았다. 그 역시 내심 당혹해하고 있는 중이다.

물론 화룡선이 떠날 것은 알고 있었다. 그러나 사방이 트인 호수 위에서 이렇게 증발하듯 사라질 줄은 몰랐다.

'과연 유령이란 말이 어울리는 자들이군.'

궁비영 끝없이 펼쳐진 강물을 보며 생각했다.

"돌아간다."

이틀간의 추격이 끝이 났다. 아니, 적의 흔적을 찾을 수 없으니 추격이라고도 말할 수 없었다. 그저 강 위에서 이리저리

헤매다가 끝난 추격전이었다.

대아검 면의 명이 떨어지자 배가 서서히 소남원 방향으로 머리를 돌렸다. 하루 낮은 가야 할 길이다.

"쉬자고!"

궁비영이 배의 난간에 주저앉으며 말했다. 그러자 중광이 물었다.

"갑자기 왜 사라진 걸까?"

"둘 중 하나지. 소남원이 구천맹의 조직이란 것을 알았든지, 아니면 대도 해제의 유물이 거짓이란 걸 알았든지."

"둘 모두 불가능한 일이야."

"아니, 둘 모두 가능해."

"어째서?"

중광이 조금 굳은 표정으로 물었다.

"그들은… 유령문이니까."

그러자 중광이 눈살을 찌푸리며 말했다.

"그렇군. 그들은 유령문이었지. 유령이 가지 못할 곳은 없고, 유령이 듣지 못할 이야기는 없다. 그러니 조심하라. 어느 밤 유령의 그림자가 그대의 목에 검을 드리울 줄 모른다."

"무슨 말이냐?"

"몰랐냐? 맹 내에 유령문을 알고 있는 사람들이 유령사들을 경계하며 하는 말이야. 뭐, 격언 같은 거지."

"난 모르는 소린데?"

"이놈아, 바깥에서 들리는 소리도 좀 듣고 살아라."

괜시리 화를 낸 중광이 그렇게 말하고는 눈을 감아버린다.

마치 무슨 큰 고민을 가진 사람 같아 보이기도 한다. 궁비영이 의아한 표정으로 중광에게 물었다.

"무슨 고민 있냐?"

"아니, 없어."

"그런데 표정이 왜 그래?"

"내가 뭘?"

"세상 다 산 놈 같은 표정이잖아."

"어젯밤에 잠을 자지 못해서 그런가 봐."

"잠은 왜 못 잤는데?"

궁비영이 연달아 질문을 던진다. 그러자 중광이 버럭 성을 냈다.

"이 망할 놈아, 밤중에 나가서 새벽에야 들어오는 네놈을 두고 잠이 오냐?"

"어? 그때까지 자지 않고 있었어?"

궁비영이 돌아왔을 때 중광은 분명 코를 골고 있었다.

"그러다 잤지."

중광이 시무룩하게 말한다.

"어쨌든 자긴 잤네."

"시끄러. 말 시키지 마. 지금부터 잘 테니까."

중광이 궁비영의 입을 막고는 눈을 감았다.

"이놈이 왜 이렇게 예민해?"

궁비영이 투덜거리면서도 더 이상 중광에게 말을 건네지 않왔다.

소남원은 깊은 침묵에 빠져 있었다. 화룡선을 찾아 떠난 두 척의 배가 도착했을 때 소란스럽던 엊그제의 아침이 거짓말처럼 느껴지는 소남원이다.

추격에 나선 사람들에게는 휴식이 주어졌다. 물론 그들의 피곤을 풀려고 내려진 결정은 아니었다. 갑작스런 화룡선의 증발에 대아검 면은 물론 소남원주 양사 역시 크게 당황하고 있는 것이 분명했다.

그들에게는 시간이 필요했다. 오죽노에게 전갈을 보내 향후의 일을 논의할 시간이 필요한 그들이었다.

어쩌면 소남원이 폐쇄될지도 모른다는 이야기도 간간이 떠돌았다. 화룡선이 사라진 이유가 소남원의 정체를 알았기 때문이라면 구천맹에서도 더 이상 소남원을 유지할 이유가 없었다. 정체가 드러난 안가는 외려 적의 공격에 쉽게 노출되기 때문이다.

그렇게 소남원의 운명이 결정될 며칠의 시간이 흘러갔다. 사람들의 몸은 충분히 회복되어 있었다. 그러나 맹에서는 어떤 명령도 내려오지 않았다. 지루한 시간이 이어지고 있었다.

그런데 궁비영은 그사이 약간의 걱정이 생겼다. 유령문과 살아 있다는 아버지에 관한 걱정이 아니었다. 그의 걱정은 중광이었다.

중광은 소남원에 돌아온 이후 줄곧 꿀 먹은 벙어리가 되어 잠만 잤다. 궁비영이 몇 번 말을 걸거나 장난을 쳐도 건성으로 응대할 뿐 예전과 같은 활력을 보이지 않았다.

하루아침에 사람이 변한다는 것은 마음이든 몸이든 어느 한 곳에 큰 문제가 생겼다는 의미다.

"분명 무슨 일이 있기는 한데……."

동정호가 내려다보이는 작은 누각에서 묵묵히 호수를 바라보고 있는 중광을 보며 궁비영이 중얼거렸다.

"누구에게 말이오?"

문득 등 뒤에서 당목의 목소리가 들렸다. 궁비영이 뒤를 돌아봤다. 욕심 많은 아낙의 모습은 더 이상 찾아볼 수 없었다. 어느새 다시 남장을 한 당목이 궁비영을 바라보고 있었다.

"그동안 보이지 않더니 어디 갔었소?"

화룡선 추격에서 돌아온 이후 며칠 동안 당목은 모습을 보이지 않았다. 물론 그게 이상할 것은 없었다. 흑성에게 비밀스런 임무는 언제든 주어지는 것이니까.

"남의 일을 알려 하는 것은 흑성의 본분이 아니오."

당목이 말했다. 그렇다고 기분이 상한 표정은 아니다.

"후후, 그렇기는 하구려."

궁비영이 순순히 자신이 실수했음을 인정했다.

"그런데 중 대협을 두고 하는 말이었소?"

이번에는 당목이 물었다.

"대협은 무슨, 녀석이 며칠간 좀 조용해서 말이오."

"음, 말 잘하던 사람이 조용한 경우라면 뭔가 문제가 있기는 하단 말이구려."

"그렇소. 그래서 걱정이오. 이런 적이 없었는데……."

"절친한 사이 아니오?"

"그런데도 말을 하지 않소이다. 참 이상한 일이군, 정말."

궁비영이 고개를 갸웃했다. 궁비영과 중광 사이에는 그동안 비밀이 없었다. 워낙 어려서부터 함께 자랐고, 두 집안 역시 가까웠기에 서로에 대해 속속들이 알고 있는 두 사람이다. 그러니 중광의 침묵이 더욱 답답한 궁비영이다.

그런데 문득 그때 중광이 신형을 돌려 궁비영에게로 다가왔다.

"괜찮아?"

"뭐가?"

궁비영의 물음에 중광이 투박하게 대답한다.

"젠장, 도대체 무슨 일이야? 말해봐. 그렇잖아도 머리 복잡해 죽겠는데 너까지 왜 이래?"

궁비영이 드디어 화를 냈다.

"네가 머리 복잡한 일이 뭔데?"

중광이 차분하게 되물었다. 이 역시 평소답지 않은 모습이다.

"좀 그럴 일이 있어. 넌 왜 그래?"

궁비영이 다시 물었다. 그러자 중광이 무슨 말을 하려다가 옆에 당목이 있는 것을 깨닫고는 다른 말을 뱉어냈다.

"배고파. 밥 먹으러 가자."

그러고는 먼저 자리를 뜨는 중광이다.

"미친놈!"

궁비영이 욕설을 내뱉고는 중광의 뒤를 따르기 시작했다.

"확실히 무슨 일인가 있군. 도대체 뭘까? 꼭 중광 저 사람만이 아니라 그의 표정도 어두워."

당목의 눈에는 중광이나 궁비영이나 문제가 있어 보이기는 마찬가지인 모양이다.

중광은 꾸역꾸역 밥을 먹었다. 가끔은 술도 들이켰다. 혹성에게 술은 어울리지 않지만 요 며칠간의 휴식에선 술이 허용됐다.

"꺼억!"

중광이 한참 밥을 먹다가 길게 트림을 하며 수저를 놓는다. 그러자 그 모습을 지켜보고 있던 궁비영이 물었다.

"이제 말해봐."

"뭘?"

"아까 하려 하던 말. 당 여협이 있어서 멈췄잖아?"

궁비영이 추궁하듯 물었다. 이젠 더 이상 참아주지 않겠다는 듯한 표정이다.

"나 먼저 묻자."

"말해봐."

"나한테 할 말 없어?"

"무슨 말을 해?"

"정말 할 말 없냐?"

중광이 다시 물었다. 그러자 궁비영은 가슴이 철렁 내려앉았다.

'이놈이 뭘 알고 있나?'

어쩌면 자신이 유령문의 사람들과 만난 것을 알고 있을지도 모른다는 생각이 퍼뜩 들었다.

'하지만 알 수가 없잖아?'

불가능한 일이라는 생각이 들자 궁비영이 침착함을 되찾으며 물었다.

"알고 싶은 게 뭐냐?"

궁비영의 질문에 중광이 묵묵히 궁비영을 바라보다고 입을 열었다.

"아냐. 그냥 지난번 밤에 산책을 나간 것도 그렇고, 고민이 있나 해서."

"넌 무슨 일이냐?"

궁비영이 물었다. 그러자 중광이 고개를 저으며 말했다.

"나도 별일 아니다."

"그런 녀석이 얼굴빛이 왜 그래?"

"그러게 말이다. 요즘 통 힘이 없어. 만사가 귀찮네. 들어가서 잠이나 자자."

"또 자냐?"

"후후, 그러게 요즘은 잠만 늘어나네. 젠장, 어디 가서 칼부림이라도 했으면 좋겠어."

중광이 툴툴거리며 자리를 털고 일어났다.

중광은 정말 하루 종일 잠만 잤다. 그리고 해가 지고 밤이
되었을 때 아침처럼 깨어났다. 얼굴에 드리워졌던 무료함이나
지친 기색은 찾을 수 없었다. 자신이 원하던 것처럼 싸움터에
나가는 긴장감 같은 것이 엿보일 정도이다.

"잘 잤냐?"

일어나 앉은 중광을 보며 궁비영이 물었다.

"그런대로."

"그런데 무슨 표정이 그렇게 비장해?"

"음, 자고 일어났더니 생기가 도네. 잠깐 나갔다 올게."

"어딜?"

"그냥 바람이나 쐬려고."

"같이 가자."

"아냐. 나 혼자 갔다 올게."

"너 정말 왜 그래?"

"갔다 와서 말해주마."

중광이 차갑게 대답하고는 휑하니 처소를 벗어났다.

중광이 방을 나가자 방에는 궁비영 홀로 남았다. 갑작스런
고요에 이상하게도 외로움이 인다.

궁비영이 가부좌를 틀고 앉았다. 머리가 심란할 때는 운기
도 좋은 치료법이다. 궁비영이 금세 상념을 털어내고 깊은 운
기의 세계로 들어갔다.

저벅저벅!

궁가에 전해지는 심법, 궁씨묘법이 궁비영을 깊은 사색의 세계로 이끌었을 때, 문득 그의 귀에 누군가의 발걸음 소리가 들렸다. 운기가 깊어질수록 감각도 예민해졌기에 문밖에서 사람 움직이는 소리가 모두 느껴졌다.

중광은 아니었다. 중광의 발걸음치고는 너무나 가볍다.

궁비영이 눈을 떴다. 그리고 그 순간 문밖에서 석화 반궁의 목소리가 들렸다.

"있는가?"

궁비영이 얼른 문을 열었다.

"노사께서 어쩐 일로?"

궁비영이 문밖의 반궁을 보며 물었다. 그러자 반궁이 말했다.

"음, 원주의 처소로 가세."

"무슨 일이 있습니까?"

"가보면 아네."

석화 반궁이 짧게 대답하고는 먼저 신형을 돌렸다. 궁비영이 얼른 그를 따라나섰다.

어둠 속에서 오직 한 곳만 불빛이 있다. 소남원의 원주 양사의 거처다. 본래 소남원은 고요한 곳이므로 밤도 빨라 사람들이 대부분 잠자리에 든 시간이다.

'중광 이 녀석은 어딜 돌아다니고 있는 거야?'

그런데 이상한 일이다. 왜 중광이 없는 것을 묻지 않을까. 왜 중광을 빼고 자신만 불렀을까.

의문이 들자 갑자기 알 수 없는 경계심이 생겼다. 머리까지 소름이 끼쳐 차가운 밤공기에도 땀이 솟았다.

"무슨 일입니까?"

그래서 반궁이 자신을 찾아왔을 때 한 질문을 다시 했다. 그러나 여전히 반궁은 대답을 피한다.

"가보면 알게 되네."

"중요한 일입니까?"

"아니면 이 밤중에 왜 자넬 부르겠는가?"

"흑성의 일인가요?"

불안함이 연신 질문을 던지게 했다. 그러자 반궁이 궁비영을 돌아봤다.

"자네, 본래부터 이렇게 말이 많았나?"

"조금 이상해서 말입니다."

"뭐가?"

"글쎄요. 왠지… 아닙니다. 가시죠."

궁비영은 반궁과의 대화는 더 이상 의미가 없다는 것을 깨닫고는 오히려 그 자신이 걸음을 재촉했다. 그러자 반궁이 아무 말 없이 궁비영을 한 번 바라보고는 이내 양사의 처소로 향했다.

"원주, 그를 데려왔소이다."

"들어오시오."

불빛이 흘러나오는 방 안에서 양사의 목소리가 들린다. 그러자 문이 좌우로 열렸다. 궁비영이 반궁의 뒤를 따라 방 안으로 들어갔다.

방에서는 두 사람이 궁비영을 기다리고 있었다. 소남원주 양사와 대아검 면이다.

"어서 오게. 앉게."

양사가 궁비영에게 자리를 권했다. 궁비영이 잠시 멈칫하다가 양사의 맞은편에 앉았다.

"무슨 일인지요?"

자리에 앉자마자 궁비영이 물었다. 그러자 양사가 대아검을 바라봤다.

"원주께서 물으시구려."

대아검이 그런 양사를 보며 말했다.

"그럼 그럽시다. 음, 자네에게 물어볼 것이 있어 이렇게 급히 불렀네."

"말씀하십시오."

"좋아, 이런 일은 오래 끌 것이 못 되지. 묻겠네. 자네 화룡선이 사라지기 전날 밤 잠시 장원을 떠났었다지?"

'이건……!'

한순간 궁비영은 자신이 커다란 위험에 직면했음을 깨달았다. 그날 밤의 행적을 묻는다는 것은 이들이 자신을 의심하고 있다는 뜻이다.

'어디까지 알고 있는 것인가?'

궁비영은 양사를 바라보았다. 상대의 생각을 읽기 위함이
다. 그러나 양사의 눈에는 어떤 감정도 드러나 있지 않았다.
단지 소남원을 벗어난 것만 알고 있는지, 혹은 그가 유령문의
사람을 만난 것까지 알고 있는지 알 수 없었다.

'아냐. 만약 내가 동왕 귀보전을 만난 것을 알았다면 그때
바로 날 제압하고 화룡선을 공격했을 거야. 아니, 공격은 몰라
도 그들을 놓치는 일은 없었겠지. 하면……'

궁비영이 금세 침착함을 되찾았다.

"그날 밤이라면… 잠시 산보를 나갔었지요. 그런데 그건
왜……?"

"음, 산보를 나가서 누굴 만나지는 않았는가?"

"이 외진 곳에서 사람을 보기는 쉽지 않지요. 더군다나 늦은
밤중에……"

"그래? 들은 것과는 다르군."

"무슨 말씀이신지?"

"그날 자네가 장원을 벗어나 외인을 만나는 것을 본 사람이
있어서 하는 말이네."

'최악이다!'

심장이 멎는 듯했다. 동왕 귀보전을 만나는 것을 누군가 보
았다는 말이다. 그럼 그와의 대화도 들었을까. 들었다면 말로
는 빠져나갈 수 없다.

"누가 그런 말을 합니까?"

궁비영이 마른침을 삼키며 물었다.

"믿을 만한 사람의 입에서 나온 말이네."

"불러주십시오."

궁비영이 단호하게 요구했다. 그러나 그의 몸은 이미 진기를 모으고 장내를 벗어날 준비를 하고 있었다.

"그 친구가 자넬 보길 원치 않네."

"누굽니까?"

궁비영이 다시 물었다. 그러자 양사가 빙그레 미소를 지으며 말했다.

"아마 감당하기 쉽지 않을 걸세."

"걱정은 마시지요."

"좋아, 그럼 말해주지. 이 모든 사실을 우리에게 전한 사람은 바로… 중광이네!"

"욱!"

불쑥 토악질이 일어났다. 쇠망치로 머리를 얻어맞은 듯 정신을 차릴 수 없었다. 궁비영의 허리가 굽혀졌다.

"욱욱!"

"저런, 충격이 컸나 보군. 물이나 한 잔 마시게."

양사가 궁비영 앞으로 물잔을 내민다.

'중광, 너라고? 네가 왜?'

궁비영이 머리를 서탁 아래 두고 생각했다. 그가 절대로 예상할 수 없는 이름이 양사의 입에서 나온 것이다.

'아니… 이건 그저 속임수일 수도 있어.'

궁비영이 퍼뜩 정신을 차렸다. 중광의 이름을 말하는 것이야 누구나 할 수 있는 일이 아닌가.

"믿을 수 없습니다."

궁비영이 헛구역질을 멈추고는 고개를 들었다.

"무슨 소린가?"

"설혹 진정 제가 외인을 만났다고 해도 그 사실을 고변할 중광이 아니기 때문이지요."

궁비영이 담담하게 대답했다. 그는 여전히 중광을 믿고 있다.

"그렇게 생각할 수도 있지. 두 사람의 관계는 그야말로 각별했으니까. 하지만… 내가 한 가지 사실을 말하면 자네는 지금 자네에게 일어난 일을 인정할 수밖에 없을 걸세."

"말해보십시오."

"음, 한 사람이 살아 있네."

"……?"

"중천산! 자네도 아는 이름이지?

"그런……?"

머릿속이 하얗게 변했다. 며칠 전 아버지 궁도요가 살아 있다는 것을 알았고, 오늘 중광의 아버지 중천산이 살아 있다는 것을 듣고 있다. 이런 일은 왜 한 번에 일어나는 것일까.

"그분은 어디 계십니까?"

"아주 잘 지내지. 맹의 수뇌부에 근접해 계시네. 오죽노 님의 숨어 있는 오른팔이라고 할 수 있지. 자, 이젠 모든 것을 이해할 수 있겠지?"

도저히 감당할 수 없는 진실이다. 중천산이 살아 있고 오죽노의 심복이라니. 그렇다면 결국 처음부터 중광은 다른 목적으로 궁비영 곁에 머문 것이 된다.

그러나 두 사람은 죽마고우가 아니던가. 어느 누구도 서너 살 어린아이에게 친구를 감시하라는 명을 내리지는 않는다.

'단지 때의 문제인가?'

궁비영이 나직하게 한숨을 쉬었다. 처음부터는 아닐 것이다. 어느 순간 중광은 궁비영의 죽마고우에서 감시자로 변했을 것이다. 어쩌면 최근의 일일 수도 있다. 그리고 보니 최근 중광의 표정이 지나치게 어두웠다.

"언제부터입니까?"

궁비영이 물었다.

"오래되지는 않았네. 서장행에서 돌아왔을 때 자네에겐 특별한 대접이 필요하다는 판단이 내려졌네."

"그렇군요. 아마도 청마표국 소국주의 문제로 삼관주님과 언쟁을 한 이후이겠군요."

"그렇다네."

"그때부터 중광이 절 감시했다는 겁니까?"

"음, 그 친구의 임무가 자넬 살피는 것으로 변한 것은 성도를 떠날 때쯤이었네. 구화방까지는 자네의 죽마고우였네."

"그런데 왜 하필 중광이……?"

궁비영이 의문을 드러냈다. 두 사람의 우정은 그리 쉽게 변할 것이 아니다.

　"말했잖은가. 그의 부친이 살아계시다고. 그가 나섰네."

　"중 가주님이 말입니까?"

　"그렇다네. 부친의 당부와 대의 앞에서 사사로운 정은 극복해야지. 자네도 알다시피 중광 그 친구는 호협한 기질이 있어서……."

　"한 가지만 묻지요."

　"말하게."

　"제 부친을 죽인 것이 정말 맹입니까?"

　궁비영의 물음에 양사가 능란하던 말을 잇지 못했다. 아마도 궁비영이 궁도요의 죽음에까지 의문을 품고 있는 줄은 몰랐던 모양이다. 한참 동안 침묵을 지키던 양사가 신음 같은 대답을 했다.

　"그는… 마인들과 니무 가까워졌어."

　"과연 맹에서 그리했군요."

　"그는 그들과 동화되어 가고 있었네."

　"유령문을 배신한 것은 구천맹, 구천맹이 배신을 하지 않았다면 아버지도 죽을 일이 없었겠지요."

　"과연! 네가 유령들을 만났구나!"

　양사가 서탁을 치며 일어났다.

　'이런!'

　순간 궁비영은 자신이 실수했음을 깨달았다. 이들은 심증은 있어도 확신은 없는 상태였다. 그런데 그 스스로 그가 유령문과 접촉했음을 시인하고 말았으니 이젠 더 이상 변명할 여지가 없었다.

'벗어나야 해!'

"부전자전! 피는 못 속인다더니 과연 그 아비에 그 아들이구나. 아비에 이어 네놈까지 마인들의 꼬임에 넘어가다니!"

양사의 얼굴에 노기가 가득하다. 그러자 궁비영이 침착한 표정으로 말했다.

"변명할 생각은 없습니다. 그런데 세상의 어느 누가 아비를 죽인 자들을 위해 목숨을 바친단 말입니까? 원주라면 그리하겠습니까?"

"궁도요 그자는 맹의 명을 어겼어!"

"부당한 명이었으니까요. 또한 그 명을 따랐더라도 결국 죽일 거란 걸 아셨겠지요. 이미 오죽노의 검이 아버지를 향하고 있었으니 말입니다."

"네놈이 단단히 유령들에게 빠져들었구나!"

순간 궁비영도 오기가 솟구친다.

"내가 그들에게 동화된 것이 아니라 당신들의 마음에 마기가 깃든 것이오. 천하를 손에 넣었다는 그 오만이 당신들 마음속에 독선이라는 마기를 움트게 했겠지."

"이놈!"

"나로서는 더 이상 이곳에 머물 이유가 없겠군!"

쾅!

한순간 궁비영의 손이 그와 양사 사이에 있는 서탁을 내려쳤다. 그러자 서탁이 산산조각 나면서 그 파편이 사방으로 튀어 올랐다. 놀라운 공력이다.

"놈!"

그 와중에 대아검 면의 입에서 노성이 터져 나왔다. 어느새 궁비영이 뒤로 몸을 날려 문을 부수며 밖으로 도주했기 때문이다.

슉!

할 수 있는 모든 재주를 부려야 할 때다. 진기란 놈은 한 줌이라도 모아야 했다.

궁비영의 신형이 단번에 마당에서 지붕 위로 올라섰다. 월천보다. 그 누구도 그의 신형이 허공을 가르는 것을 보지 못했다.

"놀랍구나!"

궁비영의 신법에 구천맹 제일의 경공 고수라는 석화 반궁이 탄성을 자아냈다.

"놓치면 안 되오!"

양사가 그의 뒤에서 소리쳤다.

"걱정 마시오. 이미 천라지망이 펼쳐졌소. 그가 설혹 야유사군이라 해도 이곳을 벗어날 순 없소."

석화 반궁이 차갑게 대답했다.

"서랏!"

지붕 아래에서 두 사람이 허공으로 치솟았다. 눈에 익은 자다. 석화 반궁의 거처에서 그를 호위하는 자들이다.

팟!

날카로운 검기가 궁비영의 심장과 다리를 노렸다. 거침없는 살수다. 궁비영의 눈썹이 꿈틀거렸다.

"정말 생사를 가르자는 것이냐?"

궁비영이 낮게 중얼거렸다. 한때 동료이던 자들이기에 망설이는 마음이 있었는데 상대의 살기에 그 생각이 한순간에 사라졌다. 이자들은 결코 자신을 동료로 생각지 않는다.

궁비영이 검을 휘둘렀다. 그러자 그를 향해 닥쳐들던 두 개의 검기가 좌우로 튕겨 나간다. 순간 궁비영이 두 사람 사이를 뚫고 지나며 왼손을 휘둘렀다.

피핏!

날카로운 파공음과 함께 두 개의 암기가 등 뒤로 날아간다.

"헛!"

궁비영의 등 뒤에서 다급한 음성이 들렸다. 암기 공격을 받은 적들이 당황하는 소리다. 그러나 궁비영은 반격을 가할 생각을 하지 않았다. 지금은 도주가 최선인 상황이다.

궁비영은 지붕을 박차고 날아올랐다. 그의 몸이 밤새처럼 어두운 밤하늘을 날아간다. 그러고는 순식간에 소남원의 담장을 넘어 숲으로 들어갔다. 어두운 그림자들이 그런 궁비영을 쫓아 숲으로 향했다.

"비영, 부디 잡히지 말거라."

문득 한바탕 소란이 일어난 지붕 위에서 우울한 목소리가 들렸다. 중광이다.

그런데 그런 그를 향해 누군가가 바람처럼 다가왔다.

"도대체 무슨 일이오?"

당목이 파랗게 질린 얼굴로 중광에게 물었다.

"듣지 못했소?"

중광이 차갑게 대답했다. 평소와는 완전히 다른 모습이다.

"정말 그가 배신했다는 말이오?"

"그런 것 같소."

"당신은 그와 가족 같은 사람이오. 그런데도 그가 배신했다는 말을 믿소?"

당목이 다그치듯 물었다. 그러자 중광이 시뻘겋게 변한 눈으로 당목을 돌아보며 말했다.

"나도 믿고 싶지 않소. 그러나 내가 확인한 일이므로 내 눈을 파내지 않는 이상 난 믿을 수밖에 없소."

"다, 당신이? 설마 당신이……?"

"비영을 감시하는 것! 그것이 요 근래 내게 주어진 흑성으로서의 임무였소. 그리고 난 그 일을 아주 충실히 해냈지. 흐흐, 제길, 차라리 게으름을 피울걸."

중광이 궁비영이 달아난 곳을 노려보며 중얼거렸다.

"도대체 왜 그런 일을……?"

"당신에게 그런 명이 떨어지면 거부할 거요?"

당목의 말을 중간에 끊으며 중광이 물었다.

"……."

당목이 대답을 하지 못했다. 맹에서 그녀에게 궁비영을 감시하라는 명이 떨어진다면 그녀 역시 거부하기 힘들 것이다.

그녀가 상처 입은 짐승처럼 힘겨워하고 있는 중광을 바라봤다. 그의 눈에서 연신 눈물이 흐르고 있다. 그 순간 그녀는 깨달았다. 궁비영만이 아니라 중광 역시 오늘 스스로를 파괴했다는 것을.

팟!

당목이 말없이 신형을 날렸다. 궁비영이 달아난 방향이다. 그 모습을 보고 있던 중광이 울부짖듯 소리쳤다.

"목숨만은 살게 해주시오!"

그러나 이미 숲으로 날아 들어간 당목에게선 대답이 없었다.

"끄으으!"

중광이 지붕 위에 쪼그려 앉으며 울음을 터뜨렸다. 그러고는 씹어뱉듯 중얼거렸다.

"망할 놈의 가주 같으니라구. 왜 살아 있어 가지고."

아마도 모두의 눈을 속이고 살아 있는 중천산에 대한 원망인 듯싶다.

*　　*　　*

다섯을 더 죽였다. 그러나 길은 열리지 않는다. 아니, 오히려 그물은 더욱 궁비영을 옭죄어왔다.

"후욱후욱!"

궁비영이 깊게 숨을 내쉬었다. 어느새 몸이 땀과 피로 젖어 있다. 적의 피와 그 자신의 피가 뒤섞여서 비릿한 혈향을 뿌려 댄다.

"흐흐, 뭣들 하나, 덤비지 않고!"

숨을 고른 궁비영이 어둠 속을 보며 말했다. 어둠 속에서 그를 노리는 자들이 눈빛이 번쩍인다. 그중에는 그와 함께 무명도에서 수련을 한 흑성들도 있었다.

그런데 궁비영의 도발에도 어둠 속의 적들은 움직이지 않았다. 아마도 궁비영 폭발시킨 살기가 그들을 질리게 만든 모양이다.

궁비영이 온몸으로 뿌려대는 무공은 하나하나가 절기 아닌 것이 없었다. 무명도에서 수십 명에게 함께 전해진 흑성의 무공들이 궁비영에게서 진허 다른 경지의 무공으로 변해 있었다.

그래서 그의 본색이 드러난 순간부터 그는 이미 다른 흑성들과는 다른 위치의 무인이 되어 있었다.

그러나 그렇다고 그물에 걸린 고기를 그냥 놓아줄 수는 없는 일. 어둠 속에서 잠시 후 사람들이 움직이기 시작하는데 문득 한 줄기 목소리가 그들의 걸음을 막았다.

"잠시 물러나 있으라!"

대아검 면의 목소리다. 그의 말에 궁비영을 공격하려던 자들이 다시 어둠 속으로 스며들었다. 그리고 그들을 대신해 대아검 면과 석화 반궁이 궁비영 앞에 나타났다.

"정말 놀랍군. 오죽노께서 너를 경계하신 이유를 이제야 알겠다."

대아검 면이 혈인으로 변한 궁비영을 보며 말했다.

"애꿎은 수하들만 죽이더니 이제야 나타나셨구려."

궁비영에게 두 사람은 더 이상 존중해야 할 사람이 아니다.

"넌 이 그물을 빠져나갈 수 없다."

석화 반궁이 말했다.

"그러게 말이오. 생각보다 단단하구려."

"순순히 검을 내려놓아라. 반항하지 않는다면 몸이 상하는 일은 없을 것이야."

"무슨 아량이시오?"

궁비영이 비웃듯 물었다. 맹을 배신한 것이 드러난 이상 자신을 살려둘 이유가 없는 그들이다.

"음, 아량은 우리가 아니라 오죽노께서 베푸신 것이지."

"오죽노라……. 그가 이곳에 있소?"

"오죽노께서는 화룡선이 백단협에 들어올 것을 대비해 토귀와 함께 은밀히 성도를 떠나와 그들을 맞을 준비를 하고 계셨지."

"마천과의 대결이 한창인 성도를 비우고 왔다니 놀라운 일이구려."

궁비영이 진심으로 말했다.

"그만큼 그분에겐 유령문이 중요하단 의미지. 사실 그분은 마천은 별로 두려워하지 않으시네."

"하긴 유령문이 두려웠으니 그들을 배신했겠지."

"음, 두렵다기보다 그들은 뭐랄까, 목에 가시 같은 존재들이랄까."

반궁이 살짝 눈살을 찌푸리며 말했다.

"그가 왜 날 살려두려는 것이오?"

궁비영이 물었다.

"아마도 너에게 묻고 싶은 말이 있으신 거겠지. 네가 만난 자들에 대해서 말이야."

"정확히는 내가 아니라 유령문의 사정을 알고 싶다는 것이구려."

"그렇다고 할 수 있지."

"하지만 난 솔직히 오죽노에 비해 유령문에 대해 아는 것이 없는데. 날 만나면 오죽노는 실망하겠구려."

"그건 걱정할 필요 없다. 너에겐 또 다른 쓰임도 있으니."

"…그게 무슨 말이오?"

"네가 먼저 유령문에 접근했을 리는 없고, 아마도 그들이 먼저 너에게 접근했을 것이다. 그렇다면 넌 그들에게 제법 중요한 존재라는 의미. 화룡선이 사라진 이상 그들을 불러낼 수 있는 미끼는 제법 가치가 있지."

순간 궁비영의 눈에 노기가 서렸다.

"날 미끼로 쓰겠다는 것이오?"

"그게 흑성의 운명이지."

이번에는 대아도 면이 중얼거렸다. 순간 궁비영의 신형이 그 자리에서 사라졌다.

"조심!"

석화의 입에서 경고가 터져 나오는 순간 이미 대아도 면은 옆구리에서 붉은 피를 뿜어내고 있었다.

"욱!"

대아도 면이 비명을 흘리며 쓰러졌다. 그 순간 앞으로 굽혀지는 대아도 면의 등을 궁비영이 내려 찼다.

"악!"

대아도 면이 그대로 고꾸라졌다. 궁비영이 그 반탄력을 이용해 다시 허공으로 솟아올랐다. 그러고는 순식간에 사람들의 시야에서 사라졌다.

"동쪽이다!"

반궁이 외쳤다. 어느새 궁비영의 신형이 동쪽 바위를 날아 넘고 있었다. 그야말로 놀라운 월천보다.

그러나 이미 장내는 구천맹이 고수들이 인의 장막을 펼쳐 놓고 있었다. 궁비영이 날아간 방향에서 구천맹의 고수들이 성벽처럼 일어나고 있었다.

그리고 궁비영은 그물에 걸렸다.

제9장
어둠의 시간

단전이 파괴된 것 같았다. 더불어 고통의 시간은 지났다. 날 것같이 생생한 고통을 몸이 익숙하게 받아들이기 시작했다.

그즈음 고문도 끝이 났다. 더 이상 소남원주 양사의 손을 감당하지 않아도 된다고 생각하니 그 지경에서도 안도의 한숨의 새어 나왔다.

'킬킬, 무화공을 전수한 것은 너희들이지.'

궁비영이 파괴된 몸을 뒤집어 가슴을 자유롭게 하고는 크게 숨을 쉬며 속으로 킬킬거렸다.

약간의 생기가 몸에 일어나자 고통이 다시 고개를 든다. 그러나 이 정도 고통은 괜찮다. 오히려 그에게 살아 있다는 사실을 일깨워 주는 좋은 고통이다.

"후욱!"

궁비영이 다시 한 번 크게 숨을 쉬고는 자리에서 일어났다.

'얼마나 지났을까?'

소남원 지하에 갇힌 이후 줄곧 고문을 당했기에 며칠이 지났는지 가늠할 여유도 없었다. 적어도 오륙 일은 지난 것 같지만 혹은 겨우 이삼 일 지났을 수도 있다. 고통은 시간을 길게 느끼게 하는 법이니까.

"어디 보자."

궁비영이 궁씨묘법을 일으켜 보았다. 그러나 단 한 올의 진기도 몸에 남아 있지 않았다. 확실히 공력은 사라진 것이 분명했다. 새삼스레 오죽노 혜간의 무서움이 느껴졌다.

그는 후환을 남기지 않는 사람이다. 궁비영을 처음 만났을 때 그가 가장 먼저 한 일이 궁비영의 공력을 흩어버리는 것이었다. 이후의 고문은 양사가 맡았다.

그나마 다행인 것은 궁비영이 무화공이라는 호흡법을 알고 있다는 것이다. 그것이 약간이나마 진기를 받아들여 혼탁한 그의 머리를 씻어내고 생기를 부여했다.

무화공은 무명도에서 산공독으로 공력을 없앤 후 수련할 때와는 전혀 다른 느낌이었다. 실제로 공력이 사라진 몸은 무화공을 좀 더 쉽고 익숙하게 받아들였다.

턱!

궁비영이 석벽에 등을 기댔다. 근육에 힘이 남아 있지 않아 지렁이가 움직이는 것 같았다.

그런데 그때 문득 지하 금옥의 한 면을 막고 있는 철장 밖에서 인기척이 느껴졌다. 고개를 돌려보니 눈에 익은 사람이 서 있다. 중광이다.

"왔어?"

궁비영이 희미한 미소를 지으며 물었다. 궁비영의 물음에 중광이 아무런 대답도 하지 않고 물끄러미 궁비영을 바라보았다. 온몸이 상해 어디서도 과거의 궁비영의 모습을 찾아보기 힘들다.

"힘드냐?"

중광이 오히려 자신이 힘겨운 듯 물었다.

"미친놈, 너 같으면 안 힘들겠냐?"

궁비영이 투덜거렸다.

"미안하다."

중광이 나직하게 말했다.

"흐흐, 그러지 않아도 돼."

"날 원망하지 않는다는 거냐?"

"흐흐, 원망은 무슨. 각자 생각대로 사는 거지. 맹에 대한 너의 충성심, 아니지. 중 가주가 살아 있다고 했으니 그 양반 때문이겠지만, 어쨌든 네 선택을 비난할 수는 없지. 하지만 확실히 해둘 것도 있어."

궁비영이 진지한 눈빛으로 말했다.

"뭘?"

중광이 물었다.

"음, 너를 위해서 가능하다면 이곳에서 날 죽여."

"뭐라고?"

"네 행동을 이해하고 원망은 않지만 그래도 난 본래 빚을 지고는 못 사는 놈이잖아? 만에 하나 혹시라도 내가 살아난다면 넌 내 손에 죽을 거야."

너무나 담담한 말투에 오히려 소름이 돋는 중광이다.

세상에서 궁비영을 가장 잘 아는 사람이 중광이다. 그가 무명도로 들어가기 이전부터 일신의 무공을 절반도 드러내지 않았다는 것 역시 중광만이 아는 사실이다.

물론 지난번 도주 중에 대아검 면을 죽이면서 그의 무공 일면이 드러나기는 했지만, 맹의 다른 사람들은 그 일을 기습에 의한 우연으로 치부하는 상황이었다.

그러나 중광은 알고 있었다. 대아도 면을 죽인 것이 우연이 아니라 궁비영의 본래 능력이란 것을. 그러니 그의 경고는 결코 허황된 것이 아니었다.

"내가 아니더라도 넌 살아남을 수 없어."

"그렇겠지?"

"알고 있는 모든 걸 말해. 그러면 무공을 폐하는 것 정도로 끝날 수도 있어."

"낄낄낄, 곰 같은 놈이 머리를 쓰네. 오죽노가 가장 두려워하는 자들이 유령문이다. 그들과 인연을 맺고 그의 심복인 대아검 면을 죽였다. 그가 날 살려둘까?"

"……."

중광은 대답하지 못했다. 맞는 말이다. 어떤 경우라도 오죽
노는 궁비영을 살려두지 않을 것이다.

"그래도 고통은 없겠지."

"그것도 틀린 말이야. 그런 사람은 결코 쉽게 죽여주지 않
아. 하지만 내게도 기회가 아주 없는 것은 아니지."

"그 몸으로 네가 할 수 있는 일은 없어. 괜한 고통을 자처하
지 마."

중광이 진심으로 충고했다.

"내가 뭘 하겠다는 것은 아냐. 날 위해 그가 대신 해주겠
지."

"무슨 소리냐?"

"대도 해제의 보물을 이용해 유령문을 함정에 끌어들이려
는 시도가 틀어졌으니 그는 이제 다른 방법으로 유령문을 유
인하려 할 거다. 그런 면에서 난 제법 그럴 듯한 미끼가 되지."

그러자 중광이 고개를 저었다.

"너 하나를 위해 유령문이 움직이지는 않을 거다. 더군다나
네가 말했듯이 너와 그들의 만남이 겨우 몇 번에 지나지 않다
면."

"후후후, 오죽노는 그렇게 생각하지 않을 거야. 왜냐하면 내
가 그의 기대를 좀 부풀려 놓았거든."

"일부러 오죽노에게 유령문과의 관계를 과장해서 말했다는
거냐?"

"글쎄, 과장일지는 나도 모르지. 유령문이 날 어떻게 생각하

는지 알 수 없으니까. 하지만 이건 확실해. 오죽노는 내가 유령문을 끌어낼 미끼가 될 수 있다고 생각할 거다."

궁비영이 확신하듯 말했다.

"그래서 그 기회를 노리겠다고?"

"적어도 시간은 벌겠지. 당장 죽이지는 않을 테니까."

궁비영이 대답했다. 그러자 중광이 잠시 궁비영을 바라보다 말했다.

"부디 네 계획대로 되길 바란다."

"후후, 정말 그걸 바라? 그럼 네가 죽을 텐데. 중광, 난 말이다, 이곳을 벗어날 수만 있다면 내게 고통을 준 모든 사람을 죽일 거야. 그중에는 당연히 너도 포함되지. 원한이 아니라 내 자존심 때문에 말이야. 아주 더러운 기분이거든!"

궁비영의 경고에 중광이 부르르 몸을 떨었다. 공력이 사라지고 만신창이가 된 몸을 가진 궁비영이지만 그의 경고는 실제 일어날 일처럼 소름 끼쳤다.

"나야 네게 죽어도 할 말이 없지."

중광이 중얼거리듯 대답했다. 그러자 그런 중광을 한참 바라보다가 궁비영이 불쑥 물었다.

"중 가주는 만나봤냐?"

"음."

중광이 고개를 끄떡였다.

"평안하시더냐?"

"음."

중광이 다시 대답했다. 길게 대답하고 싶지 않은 모습이다.

"배신도 혈통인가?"

"비영!"

중광이 노한 목소리를 흘렸다. 중광은 이상하게도 비웃음을 받고 싶지는 않았다. 적어도 궁비영에게는.

"가봐. 다시 보면 오늘처럼 대하는 일은 없을 거야."

궁비영이 싸늘하게 말했다.

"비영……."

"그리고 네가 원하는 걸 얻길 바란다. 네게 야망이 있다는 건 오래전부터 알고 있었지. 넌 크게 될 거야. 물론 내가 살아 남지 않는다면 말이야. 낄낄!"

궁비영이 나직하게 웃음을 흘렸다. 그런 궁비영을 바라보던 중광이 한숨을 쉬며 철창 사이로 술 한 병을 밀어놓고 자리를 떴다.

"이 자식이 예의는 있단 말이지."

궁비영이 엉금엉금 기어 와서 술병을 들었다. 그러고는 단숨에 술병을 비운 후 그 자리에 쓰러졌다.

"잠이나 자자."

중광과 이야기를 나눌 때와 달리 만사를 포기한 사람처럼 궁비영은 그대로 쓰러져 잠이 들었다.

오죽노 혜간이 눈살을 찌푸렸다. 그러고는 아쉬운 표정으로 말했다.

"성급했어."

"죄송합니다."

소남원주 양사가 머리를 조아린다. 그러자 그의 곁에서 석화 반궁이 입을 열었다.

"놈이 유령문에 대해 이렇게 무지할 줄은 예상치 못했습니다. 놈을 제압하면 유령문의 꼬리를 잡을 수 있다고 판단한 것이 그만……."

"지금으로써야 어쩔 수 없는 일이지. 이미 녀석이 우리 손에 떨어졌다는 것을 유령문도 알고 있을 거야. 그러니 그런 놈을 다시 강호로 내보낸들 아무 이득이 없을 것이고……."

"하면 죽일까요?"

"그럴 수는 없지."

"그럼 어찌하실 생각이신지요?"

반궁이 물었다. 그러자 오죽노 혜간이 아미를 모으며 말했다.

"하나를 잘 모르겠어."

"무엇을 말입니까?"

"도대체 왜 유령문에서 녀석과 접촉했는지 말이야. 극히 위험한 일인데도 불구하고 그들은 녀석과 접촉했단 말이야. 그 이유를 알면 한결 일을 만들기가 쉬워질 텐데."

"저희도 그것이 의문이었습니다. 놈을 고문해 얻은 정보로는… 물론 녀석의 말이 사실이라면 먼저 접근한 것은 그들이라고 했으니까요."

반궁이 의혹 어린 표정으로 말했다.

"음, 그렇다면 이 좋은 미끼를 버릴 수도 없고."

오죽노 혜간이 손가락으로 톡톡 서탁을 친다. 뭔가를 고민할 때 나오는 그의 버릇이다.

"일단은 기다려 보지."

오죽노가 결론을 낸 듯 말했다.

"그들이 녀석을 구하러 올 거라 보십니까?"

"나도 모르겠네. 하지만 그들의 움직임을 보면 녀석이 그들에게 얼마나 중요한 사람인지 알 수 있겠지. 구하러 온다면 우리에겐 아주 좋은 기회지."

"만약 오지 않는다면 어찌시겠습니까?"

"맹으로 옮기겠네."

"차라리 죽이는 것이……."

반궁이 되물었다. 그러자 오죽노가 고개를 저었다.

"그럴 수 없네. 그에 대한 처분은 결국 제룡가주가 결정할 거야. 이러니저러니 해도 그는 역시 제룡가의 사람이니까."

"흑성에 대한 처분은 오죽노 님께 일임된 것이 아닙니까?"

"후후, 굳이 내 손에 피를 묻힐 필요는 없지. 제룡가주의 비위도 맞출 수 있고 말이야."

"그렇군요. 그리하면 그의 믿음은 더욱 강해질 것입니다."

"비위를 맞추기 어려운 사람은 아니지. 쓸모가 많아. 아무튼 녀석을 잘 감시하게. 그들이 온다면 절대 놓치면 안 되네."

"알겠습니다."

양사와 반궁이 대답했다.

어둠의 시간이 이어졌다. 고문이 끝난 이후에는 하루에 한 번 사람 얼굴 보기도 힘들었다. 겨우 목숨 줄 붙어 있을 정도의 음식을 주는 자가 궁비영이 볼 수 있는 유일한 사람이었다.

고독은 가끔 고문보다도 더 고통스럽다. 특히 그를 고통스럽게 만드는 것은 중광의 배신이었고, 당목의 부재였다.

금옥에 갇히고 나서야 궁비영은 자신에게 그 두 사람이 얼마나 큰 존재였는지를 깨달았다.

고문의 고통 속에서, 어둠의 고독 속에서 그의 머리가 가장 먼저 찾는 사람은 기이하게도 당목과 중광이었던 것이다.

중광은 몰라도 당목이 생각보다 깊이 그의 마음속에 들어와 있었다. 그 차가운 얼굴과 날카로운 눈빛조차도 가슴 시리게 그리웠다.

그러나 그 모든 느낌은 한밤 꿈과 같은 것이었다. 맹의 혹성일 때도 넘보기 힘든 출신의 벽을 가진 그녀이다. 하물며 이제 자신은 배신자가 아닌가.

"아서라, 비영아. 죽음이 눈앞이다."

이런 상황에서 당목을 그리워한다는 것은 팔자 좋은 소리다. 당장 내일 목이 떨어져도 이상할 것이 없는 상황이다.

"후욱!"

궁비영이 숨을 크게 들이쉬었다. 기이하게도 금옥 바닥에서 온기가 느껴졌다. 본래 지기가 강한 곳이기 때문일 수도 있었다.

어쨌든 상관없다. 바닥에서 온기가 일어난다는 것은 무화공을 쓰기에 더없이 좋은 조건이기 때문이다.

한줄기 온기가 그의 몸을 뚫고 지나갔다. 그러자 죽어가던 근육이 꿈틀댔다. 다행히 힘줄은 끊지 않은 양사다. 덕분에 무화공을 운용하면 잠시나마 손발을 자유롭게 움직일 수 있었다.

무화공의 힘으로 궁비영이 자리에서 일어났다. 그러고는 천천히 철장 앞으로 다가갔다. 주위를 살피니 금옥을 지키는 자도 없다. 맞은편에 두 개의 옥이 더 있었으나 그 안에도 사람은 들어 있지 않았다.

"지키는 자라도 두지."

자신을 감시하는 자만 있어도 이렇게 고독하지는 않을 것이다. 가끔은 고문을 해대던 양사의 얼굴이 그립기조차 했다.

철컹철컹!

궁비영이 철장을 잡아 흔들어보았다. 소리는 나지만 공력이 없는 상황에서는 깨뜨릴 수 없는 옥이다. 물론 무화공으로는 파옥하는 것이 불가능했다.

"이대로 죽을 수는 없는데……. 그 양반 얼굴이라도 봐야 할 것 아닌가?"

궁비영이 문득 궁도요를 떠올렸다.

살아 있을 것이라고는 꿈에도 생각지 못한 아버지다. 이런저런 말은 들었지만 도대체 정확하게 아버지에게 무슨 일이 일어난 것인지 직접 듣고 싶었다. 그리고 무척 그립기도 했다.

그때였다. 갑자기 금옥이 있는 지하동의 문이 열리는 소리가 들렸다.

그릉!

돌로 만들어진 문이 으르렁거리며 열리고, 한 사람이 지하동으로 들어섰다.

저벅저벅!

지하동에 들어온 사람이 규칙적으로 걸음을 옮겼다. 궁비영의 시선이 자연스레 그에게로 향했다. 그러자 궁비영이 들어 있는 옥을 향해 다가오던 자가 걸음을 멈췄다.

"누구요?"

궁비영이 물었다. 그러나 걸음을 멈춘 자는 어둠 속에서 말이 없다.

"흐흐, 이거 사람 구경하기가 이렇게 힘들어서야 쓰겠소? 얼굴이나 봅시다!"

다시 궁비영이 소리쳤다. 그러자 나직한 한숨 소리가 들리더니 어둠 속에서 멈춰 선 자가 다시 걸음을 옮겼다.

"당신이 어떻게……?"

궁비영의 얼굴이 묘하게 일그러졌다. 마치 치부를 들킨 사람처럼, 아니면 속마음을 들킨 어린애처럼, 그러면서도 숨길 수 없는 반가움이 드러나는 표정이다.

그의 앞에 당목이 서 있었다.

"한 번은 와봐야 할 것 같아서 말이오."

당목이 말했다.

"고맙소. 이렇게 찾아와 주니."

궁비영이 진심으로 말했다. 당목의 얼굴은 그녀를 마지막에 보았을 때보다 많이 상해 있었다.

"얼굴이 좋지 않구려."

궁비영이 그녀를 찬찬히 보며 말했다.

"고문을 받고 옥에 갇힌 사람이 걱정할 일은 아닌 것 같소."

"후후, 그렇구려. 잘 지냈소?"

궁비영이 물었다.

"그런대로. 그런데 생각보다 나쁘지 않은 모양이구려."

궁비영의 얼굴에 웃음기가 있는 것을 보고 하는 말이다.

"이렇게 손님이 찾아오니 갑자기 마음이 즐거워지는구려."

궁비영이 대답했다. 그러자 당목의 얼굴에 설핏 그늘이 지나간다.

"그렇게밖에 할 수 없었소?"

당목이 물었다. 그러자 궁비영이 침착하게 대답했다.

"그대는 우리 중 누구보다도 맹과 오죽노, 그리고 흑성에 대해 잘 알 것이오."

"맹에 실망했다는 말이오?"

당목이 다시 물었다.

"실망 정도로야 이런 일을 하겠소?"

"하면 다른 일이 있다는 것이오?"

"모르고 있었소, 내 아버님을 사지로 몬 것이 야유사군이 아니라 맹이었다는 것을?"

"아!"

당목의 입에서 나직한 탄식이 흘러나온다. 아마도 그녀는 그 사실을 모르고 있었던 모양이다. 하긴 그런 일은 비밀 중의 비밀일 것이다.

"그동안 난 결국 아비를 죽인 자들을 위해 일해온 거요. 유령문은 어떻소. 그들은 과거 마천의 시대에 마천을 배신하고 구천맹을 도왔소. 흑성의 탄생은 바로 그들로 인한 것이었소. 우리가 수련한 월천보니 천환이니 하는 무공들, 그 뿌리가 유령문임은 알고 있소?"

"그건… 알고 있소."

당목이 순순히 수긍한다.

"그럼에도 불구하고 맹은 일어나지 않은 위협에 대비한다는 명목으로 마곡산이라는 곳에서 유령문을 멸살하려 했소. 내가 그런 맹을 위해 목숨을 걸어야겠소?"

"……."

당목이 아무런 대답도 하지 않고 침묵을 지킨다. 궁비영이 구천맹을 배신할 이유는 충분했다. 그러나 그런 이유가 지금에 와서 중요한 것은 아니었다.

"내가… 그대에게 의지했다는 것을 아시오?"

당목이 뜻밖의 말을 했다.

"그랬었소?"

"이관에서 내 목숨을 구해준 그때부터 난 아마도 본능적으로 그대를 의지했던 것 같소."

"우리 인연도 나쁘지는 않았지."

궁비영이 고개를 끄덕였다. 그러자 그녀가 물었다.

"그대는 어떻소?"

"뭐가 말이오?"

"날 어찌 생각했냐는 말이오."

순간 궁비영이 당황했다. 그녀가 이렇게 직접적으로 자신의 마음을 물어올 것이라고는 전혀 예상치 못했다. 더군다나 이런 방식은 그녀의 평소 모습이 아니다.

"나 역시 그대를 의지할 만한 동료로 생각했소."

"오직 그것뿐이오?"

당목이 다시 물었다.

"……?"

궁비영이 어떤 대답을 원하느냐는 듯 당목을 바라봤다. 그러자 당목이 다시 입을 열었다.

"가끔 이런 상상을 했소. 혹성의 일이 모두 끝나고 내가 자유로워지면… 내가 당문을 떠날 수 있게 된다면 그때 그대가 옆에 있었으면 하는 상상 말이오."

가슴이 칼로 찌른 듯 아프다. 모든 것이, 돌이키기에는 너무나 멀리 와 있다. 이제 와서 그녀의 마음을 안들 무슨 소용이랴.

"이제 와서 그런 말이 무슨 소용이겠소."

궁비영이 차분하게 대답했다.

"만약 아무 일도 없었다면, 그래서 약속한 흑성으로서의 시간이 끝나 우리에게 자유가 주어졌다면, 그때 그대는 내 옆에 있어줄 수 있었겠소?"

당목이 끈질기게 궁비영의 대답을 요구했다.

"…아마도."

궁비영의 대답은 그 정도가 최선이었다. 그러자 당목의 표정이 밝아졌다.

"그거면 됐소. 음식을 들여도 된다는 허락을 받았소. 해서 구운 오리를 가져왔소. 오랜만에 먹는 고기일 테니 조심해서 천천히 드시오. 더불어 술도 한 병 넣었소. 가겠소."

당목이 재빨리 철장 안쪽으로 흰 광목천으로 싼 음식과 술을 밀어 넣고는 마치 누가 잠기라도 할 듯 빠르게 금옥을 벗어났다.

"고기와 술이라……."

향긋한 기름 냄새가 식욕을 자극한다. 당목이 떠나 텅 빈 것 같던 마음이 술과 고기로 금세 달래지니 사람이란 결국 식욕이 가장 우선인 듯싶기도 하다.

당목의 말대로 정말 오랜만에 보는 고기다. 입에 넣기 아까울 정도이다.

"먼저 술을……."

궁비영은 입가심을 하려는 듯 술을 먼저 한 모금 마셨다. 알

싸한 쾌감이 입안에 가득 퍼진다.

"좋군."

궁비영이 고개를 한 번 끄떡이고는 구운 오리에 손을 댔다.

오리 고기는 궁비영이 세상에 태어나 먹어본 그 어떤 음식보다도 맛이 좋았다. 굶주렸기 때문인지, 아니면 본래 요리가 잘되어서인지는 알 수 없지만 궁비영을 잠시나마 고통에서 벗어나게 만드는 힘이 있었다.

그런데 정신없이 오리 고기를 먹던 한순간 궁비영의 표정이 살짝 변했다. 다리 한쪽이 뜯긴 오리의 뱃속에서 이질적인 촉감이 느껴진 것이다.

'뭐지?'

궁비영이 슬쩍 주위를 살폈다. 당연히 주변에는 사람이 없다. 이 금옥은 철저한 고독의 공간이었다.

궁비영은 사람이 없는 것을 확인하고는 오리 고기를 헤치고 뱃속에 들어 있는 물건을 꺼내 늘었다. 녹시 않게 가죽으로 썬 작은 물건과 다섯 개의 암기다.

"무슨 의미일까?"

궁비영이 중얼거렸다. 당목이 비밀스럽게 준비해 준 이 물건들의 의미를 함부로 추측하기는 어려웠다.

"이것들을 이용해 탈출하라는 것 같기는 한데……."

궁비영이 중얼거리면서 가죽 꾸러미를 열었다. 그러자 그 속에서 칠흑보다 더 검은빛을 내는 환단이 모습을 드러낸다. 그리고 가죽 안쪽에 한 줄 글이 보인다.

—광혈단. 오직 한 시진 선천지기를 끌어 쓸 수 있을 거예요.

무인에게 선천지기를 끌어 쓴다는 것은 죽음을 감수하는 일이다. 잘못되면 그 자리에서 죽고, 잘되어도 원기가 크게 상해 수명에 영향을 미칠 수 있었다.

그러나 또한 최악의 경우에 몰린 사람에게는 마지막 구명 방법이 될 수 있는 것이 선천지기다.

"죽음으로써 죽음을 벗어나라는 건가? 하지만 이 금옥에서는 이 물건들도 소용없어. 어떻게든 이곳을 벗어나야 이것들도 쓸 수 있는데……."

궁비영이 물건들을 품속에 챙기며 중얼거렸다.

그의 말대로 지금 한 시진 동안 진기를 쓸 수 있다고 해도 이 금옥을 벗어날 수는 없다. 일단 이 금옥을 벗어나야 그 이후에 선천지기도 암기도 도움이 되는 것이다.

철컹!

문득 다시 금옥의 문이 열리는 소리가 들렸다. 궁비영이 얼른 낯빛을 고치고 오리 고기를 먹기 시작했다.

저벅저벅!

발걸음 소리가 규칙적으로 들리더니 궁비영이 들어 있는 금옥 앞에서 멈췄다. 궁비영이 고개를 들어 그를 찾아온 자를 바라봤다.

"당신이 어떻게……?"

그의 눈앞에 의외의 인물이 서 있다.

"쯔쯔, 이게 무슨 꼴인가?"

눈앞의 인물이 혀를 찼다.

"이곳에는 어떻게……?"

"음, 오죽노 님을 모시고 왔지."

눈앞의 인물은 구천맹 무원의 고수 왕풍이다. 과거 당목과 함께 유령사를 추격하는 일로 일관의 수련을 대신할 때 그들을 살피기 위해 오죽노가 보낸 두 사람 중 한 명이다.

당시에는 궁비영과 당목에게 사사로운 말을 한마디도 하지 않던 무당의 고수였는데 그가 자신을 찾아올 줄은 전혀 예상치 못한 궁비영이다.

"무슨 일로 오셨소?"

궁비영이 물었다. 의외의 인물이라 그의 내심을 도저히 짐작할 수 없었다.

"이곳을 나가고 싶지 않은가?"

"……?"

"이곳을 나갈 방법이 하나 있네."

"……?"

여전히 이 상황이 이해가 되지 않기에 궁비영은 묵묵히 왕풍의 말을 듣고만 있었다.

"자네… 살자이란 승려를 알고 있지?"

'이자들이 그를 욕심내는가?'

궁비영의 얼굴에 분노가 치솟는다. 이들이 살자이까지 욕심을 낼 줄은 몰랐다.

"알고 있소."

"중광에게 듣자니 지난번 천하이도를 데리고 오려 할 때 그를 잠시 만났다고 하더군."

"그렇소."

"인연은 그 이전부터 이어졌고."

"그렇소."

중광이 말했다면 더 속일 것도 없었다.

"그를 좀 만났으면 하네."

"그 일을 왜 내게 말하는 것이오? 사람을 보내 그를 초대하면 그뿐 아니겠소?"

"음, 우리로서도 참 곤란한 일이긴 한데, 사실 그를 초대하려고 사람을 보내긴 했네. 그런데 그가 자네를 불러달라고 요구하더군."

"그가 말이오?"

이상한 일이다. 자신 말고도 살자이는 구천맹에 인연이 많다. 당장 청마표국의 소국주 위소아만 해도 구천맹을 위해 살자이를 설득할 충분한 이유가 있는 여인이다.

"그렇다네. 그가 왜 자넬 불러달라는지 우리도 알 수 없지만 아무튼 자네를 불러달라고 하더군."

"그를 만나려는 이유가 뭐요?"

"그거야 나도 알 수 없지. 오죽노께서 그를 만나려 하시니 그를 찾을 뿐."

"생각해 보겠소."

"자네에게는 좋은 기회일세. 목불 살자이라면 자네 목숨을 살릴 수도 있어. 물론 이미 단전이 무너져 무인으로 살아가기는 힘들겠지만."

"생각해 보겠소."

궁비영이 같은 말을 반복했다. 그러자 왕풍이 지그시 궁비영을 바라보다가 다시 입을 열었다.

"난 사실 자네가 아깝네."

"……?"

"신산에서 자네의 무공을 보고는 자네가 강호의 절대고수가 될 것이라는 생각을 했지. 그런데 이렇게 꽃도 피어보지 못하고 지게 되었으니……."

"무당의 도인께서 세상의 이치를 모르시는 거요?"

왕풍은 무당의 고수다. 무당은 무공으로 유명하지만 본래 도가의 선을 참구하는 자들이니 세상의 변화에 대해 남다른 식견을 가지게 마련이다.

"물론 이런 일이 누구에게든 닥칠 수 있다는 것은 알고 있네. 그래도 그 일이 자네에게 닥쳤다는 것이 아쉽군."

"나도 궁금한 것이 있소."

"말해보게."

"도대체 오죽노는 이런 이야기를 왜 그대를 통해 내게 전한 것이오? 소남원주나 석화 반궁 같은 사람도 있는데. 아니, 오죽노가 직접 올 수도 있었을 텐데……."

"음, 오죽노께서 이런 말씀을 하시더군. 사람은 아주 작더라도 자신에게 상처를 입힌 자에 대해선 본능적인 적개심을 갖는다고. 그래서 같은 말을 해도 애초에 받아들이는 마음이 다르다고 말일세. 그런데 그 양반들은 자네를 제압하고 고문했지."

"후, 정말 주도면밀한 사람이구려, 오죽노는."

"그러게 말일세. 나도 사실 가끔 그분에 대해선 두려움이 생긴다네."

"조심하시구려."

"하하, 이간계를 쓰려는 건가?"

왕풍이 실소를 흘린다.

"금옥에 갇혀 이간계를 쓴들 무슨 소용이오. 난 단지 주객이 전도되어 가는 듯해 하는 말이오."

"주객전도라……. 무슨 말인가?"

"구천맹의 주인이 구파에서 오죽노로 변해가는 것 같단 말이오. 당장 그대조차도 오늘 그의 말 심부름이나 하러 이곳에 오지 않았소? 또 사천에선 마천과의 싸움이 치열한데 죽어가는 것은 구파의 사람들이고 그는 이곳에 와 있고 말이오."

"유령문도 마천에 못지않은 적이지."

"하지만 당장 목숨을 걸고 싸우는 상대는 마천이오. 뭐 그건 그렇고, 궁금한 게 하나 있소."

"뭔가?"

"도대체 유령문을 배신하게 된 것은 구파 수장들의 뜻이오,

아니면 그의 뜻이오?"

"음, 그건……."

왕풍이 바로 대답을 하지 못한다.

"그는 구천맹에 적이 있어야 가치가 있는 사람이오. 힘을 모아 마천을 물리친 유령문이 왜 구천맹의 생사대적이 되었는지 생각해 볼 문제요."

궁비영의 말에 왕풍이 잠시 침묵을 지키다가 입을 열었다.

"자넨 볼수록 아까운 사람이야. 이간계가 아니라고 했지만 이건 이간계지. 하지만 자네 말이 아주 틀린 것도 아니야. 그래서 구파의 수장들도 항상 그를 경계하고 있다네."

"또 하나, 그의 손에 흑성들이 있다는 것을 명심해야 할 거요."

"흑성이라……. 유용한 존재이기는 하나 위협은 아니지. 이유는 간단해. 흑성들은 모두 구파의 형제들이니까."

"후후, 본래 버림받은 형제의 원한이 타인의 것보다 더 강한 법이오. 어느 날 구파의 고수 한 명이 이유 없이 죽었을 때 모든 사람은 유령사를 의심하겠지. 그러나 과연 그가 유령사에게 죽었는지, 혹은 오죽노의 심복이 된 흑성에게 죽었는지 누가 알겠소. 하하하!"

궁비영이 호탕하게 말하고는 뒤로 물러난다. 그러자 왕풍의 얼굴이 벌겋게 달아올랐다. 부인할 수 없는 말이기도 하고 또 금옥에 갇힌 어린놈에게 농락당하는 기분이 들어서이기도 했다.

"가부의 대답은 내일 듣겠다."

왕풍이 화난 목소리로 말하고는 금옥에서 멀어졌다.

"오랜만에 말장난을 했더니 그래도 기분이 좀 풀리는군."

궁비영이 히죽 웃음을 흘리고는 남은 술과 오리 고기를 다시 뜯기 시작했다.

"그놈이 동의를 할까요?"

양사가 오죽노에게 물었다. 그러자 오죽노가 고개를 끄떡였다

"반드시 그럴 걸세."

"무슨 이유로 그리 확신하십니까?"

"변화가 없으면 기회가 없으니까. 일단 어떻게 해서든 금옥을 벗어나려 할 것이네."

"하지만 이미 무공을 상실했습니다. 자포자기한 상태일 텐데, 순순히 그를 만나려고 할까요?"

"사람은 말일세, 팔다리가 모두 잘려 나가도 꿈을 꾸는 존재이네. 녀석도 사람일세. 어떻게든 기회가 있을 거라 생각할 걸세. 지금쯤 그 꿈에 부풀어 있을지도 모르지. 금옥만 나가면 탈출도 하고 무공도 되찾을 수 있다는 꿈 말일세. 하지만 꿈은 꿈일 뿐이지. 그 꿈에서 깨어나는 순간 녀석은 죽겠지. 스스로 든 혹은……"

오죽노가 가볍게 수염을 쓰다듬었다. 그러자 양사가 다시 입을 열었다.

"그놈은 그놈이고, 참으로 의웝니다."

"뭐가 말인가?"

"목불이 그놈을 찾을 줄은 몰랐습니다."

"음, 나도 그건 예상치 못한 일이네. 하지만 나쁠 것은 없지. 이건 일석이조의 이득을 얻을 수 있는 기회네. 애초에 그 아이를 미끼로 유령문을 끌어내려 했으니 금옥에서 나오면 유령문이 접근할 가능성이 있네. 물론 우리도 단단히 준비를 해야겠지."

"두 번째 이득은 무엇입니까?"

"그 와중에 그 아이가 죽는다면 목불은 당연히 강호로 나올걸세."

오죽노의 말에 소남원주 양사가 고개를 갸웃한다.

"목불이 놈의 복수를 한단 말입니까?"

"친분이 없다면 찾지 않았겠지."

"만약 목불이 그 아이가 우리에게 당한 일을 알게 된다면 오히려……."

"이 일을 알고 있는 사람이 몇이나 되나. 오직 이 소남원에 있는 사람들만이 알고 있네. 아직 맹에는 말하지 않았어. 필요하면 그 아이의 배신을 누구에게도 알리지 않을 수 있네."

"그렇군요. 알겠습니다. 철저히 입조심을 시키겠습니다."

"준비를 잘해주시게. 사천의 싸움이 치열해. 마천의 세력이 생각 외로 강하네. 지금도 하루가 멀다 하고 맹의 수뇌가 날 사천으로 부르고 있네."

그러자 양사가 걱정스런 표정으로 말했다.

"가보셔야 하지 않겠습니까?"

"아니. 지금은 가지 않겠네."

"그러나 그리되면 구파의 수장들이 대인을 비난할 것입니다. 지금도 오죽노 님을 경계하고 있지 않습니까?"

"그래서 당장 성도에 가지 않겠다는 것이네. 그들은 알아야 해. 마천을 물리친 것이 누구의 공인지. 성도는 실패할 걸세."

"그럴까요? 당문이 아미와 종남을 끌어들였습니다. 백문에서도 고수를 파견했고, 자부문과 비산문의 고수들도 일부 성도로 갔습니다. 그 정도면 어려워도 승리할 수 있지 않을까요?"

양사의 말에 오죽노가 고개를 젓는다.

"누가 갔느냐는 중요치 않네. 그들이 누굴 상대하느냐가 중요한 거지. 지금 사천의 일을 주도하는 자는 마천의 마두 목왕적월이야. 지모로는 마천 최고의 모사꾼이지. 더불어 마불 구르간의 모습도 보이네. 그의 마명을 잘 알고 있지 않는가?"

"마불은 무서운 자지요."

"맹의 전력을 모아 정예 고수들을 투입하기 전에는 승리를 쟁취하기 어려울 걸세. 잘해야 현상 유지이지만 칠 할은 패한다고 봐야지."

"성도에서 실패를 한다면 마천이 다시 기승을 부릴 겁니다."

"괜찮아. 나에겐 그들을 상대할 자신이 있네. 언제든 성도에서 놈들을 몰아낼 수 있어. 아직은 그들이 구천맹의 세를 감당할 수 없을 테니. 문제는 언제나 유령문이지. 그들이 뒤만 노리지 않는다면 마천의 부활은 외려 내겐 기회이네."

"부디 대인의 뜻대로 일이 진행되어야 할 텐데요."

양사가 어두운 기색으로 말했다. 그러자 오죽노 혜간이 빙그레 미소를 짓는다.

"이보게, 소남원주."

"말씀하십시오."

"내 나이가 올해 몇이지?"

"감히 제가 어찌 대인의 연세를……."

"올해로 정확히 육십이네. 그런데 이 환갑이라는 나이는 말이야, 한 인생이 끝나는 나이거든. 다시 말하면 새로운 삶을 살아야 하는 나이인 거지. 이젠 때가 되었어. 너무 늦으면 고목처럼 쓰러지고 말 거야."

"알겠습니다."

양사가 고개를 숙여 보였다.

"형제들을 잘 간수하게."

"예, 대인!"

"대아검이 죽은 것은 참으로 아쉬운 일이야. 참으로 유용한 사람이었는데……."

"놈의 무공이 그리 강할 줄은……. 방심한 면도 있지요."

"아무튼 그래서 놈을 더더욱 살려둘 수가 없어. 아쉽게도."

오죽노의 눈에서 한 줄기 살기가 번쩍였다.

"가겠소!"

궁비영이 왕풍에게 대답했다.

"잘 생각했네. 살길이 열릴 수도 있어."

"혹은 저승길로 가는 것일 수도. 흐흐흐."

"우릴 못 믿는군."

"흐흐, 차라리 마천의 마두를 믿겠소."

"휴, 준비하게. 한 시진 뒤에 오겠네."

"옷이나 한 벌 넣어주시오. 이 꼴로 갈 수는 없지 않겠소?"

"알겠네."

왕풍이 대답하고는 자리를 떴다. 그러자 궁비영이 물끄러미 손안에 든 광혈단을 바라보며 중얼거렸다.

"이놈을 쓸 날이 이렇게 빨리 올 줄은 몰랐는걸."

제10장

운명의 손길

중광이 보이지 않는다. 당목 역시 보이지 않았다. 낯선 자들
이 궁비영을 둘러쌌다. 무공을 잃은 궁비영이지만 마치 대마
인을 호송하는 듯한 모습들이다.

소남원 마당으로 나오자 한 대의 검은 마차가 서 있다.

"타게."

왕풍이 궁비영의 등을 밀었다. 손발은 자유롭다. 그러나 공
력도 없이 보이지 않는 자들까지 수십은 될 듯한 구천맹의 고
수를 뚫고 도주할 방도는 보이지 않았다.

'결국 기회를 보아 광혈단을 써야겠군. 그 수밖에는 없어.'

그러나 광혈단을 함부로 쓸 수도 없다. 광혈단으로 선천지
기를 일으킨다 해도 수십의 구천맹 고수를 모두 상대할 수는

없는 일이다.

기회는 소남원을 벗어난 이후에나 찾아올 것이다. 지형의 이점과 적의 방심, 이 두 가지 조건이 충족되어야 광혈단을 쓴 보람이 있을 것이다.

궁비영은 순순히 마차에 올랐다.

철컥!

마차 문이 밖에서 잠긴다.

"출발!"

밖에서 석화 반궁의 목소리가 들렸다.

'그도 가는가?'

궁비영이 슬쩍 마차에 난 작은 창으로 시선을 돌렸다. 마차를 중심으로 움직이는 구천맹의 고수 중 석화 반궁의 모습이 보인다. 도주를 할 경우 상대하기 어려운 자다. 그의 빠름은 감당하기 쉽지 않다.

"휴……."

궁비영은 길게 한숨을 내쉬었다.

"걱정이 되는가?"

한순간 궁비영은 화들짝 놀랐다. 마치 속마음을 들켜 버린 사람처럼 그의 눈에 당황한 빛이 서렸다.

"누구냐?"

궁비영이 자신 앞에 웅크리고 있는 검은 인영을 보며 물었다.

도대체 언제 이곳에 들어온 것인지 알 수 없었다. 아니, 어쩌면 처음부터 마차 안쪽 그늘에 몸을 숨기고 있었을 수도 있다. 공력이 없으니 오감의 기능도 떨어져 마차 안에 있는 자를 발견하지 못한 것일 터였다.

"잠시 동행하려 하네."

불청객이 슬쩍 몸을 앞으로 기울였다. 그러자 그의 얼굴이 빛 속으로 들어왔다.

'오죽노 혜간! 이자가 어째서……?'

불청객은 오죽노 혜간이었다. 천하의 운명을 쥐고 있는 자, 혹은 궁비영의 생사여탈권을 쥐고 있는 자다.

"놀랐는가?"

오죽노 혜간이 물었다.

"이곳에서 보게 될 줄은 몰랐소."

이젠 과거의 궁비영이 아니다. 오죽노를 존중할 하등의 이유가 없다.

"생각보다 나쁘지 않군."

"무슨 말이오?"

"소남원주의 고문은 사람의 몸뿐 아니라 정신도 파괴하지."

"내가 미쳐 있기를 바란 모양이구려."

"후후후, 그냥 그렇다는 말이네. 하지만 지금도 나쁘지 않아. 정신이 멀쩡하니 이렇게 대화를 할 수 있지 않은가?"

"나랑 더 할 말이 있소?"

"음, 난 말일세, 어떤 경우라도 작은 가능성이 있다면 최선을 다하는 사람일세."

"그래, 내게선 어떤 가능성을 보았소?"

궁비영이 빈정대며 물었다.

"자네가 다시 사(邪)를 버리고 정(正)으로 돌아올 가능성이네."

"사를 버리고 정으로 돌아온다…… . 무슨 소린지 모르겠구려."

궁비영이 퉁명스럽게 대답했다. 그러자 오죽노 혜간이 궁비영의 눈을 빤히 바라보다가 말했다.

"유령문은 사악한 집단일세. 결코 세상에 존재해서는 안 될 곳이야."

"흐흐, 이것 참 어처구니가 없군."

궁비영이 실소를 흘렸다. 그러자 갑자기 오죽노 혜간도 빙긋 미소를 짓는다.

"후후, 내가 생각해도 멍청한 짓이군. 이런 말로 설득하기에 자네는 이미 너무나 많은 것을 알고 있지."

"오죽노의 명성을 생각하면 참으로 가소로운 일이오."

"미안하네. 내 잠시 자네를 무시했네. 다른 방법을 쓰겠네."

"고문으로는 안 될 거요."

"그거야 하수들이나 하는 짓이고."

"하면 무엇으로 날 설복하시려오?"

궁비영은 호기심이 돌았다. 말 상대라면 오죽노 혜간도 나쁘지 않다. 아니, 외려 세상에서 가장 흥미로운 상대다.

"내 생각은 이렇다네. 세상에 성사되지 못할 거래는 없다."

"나와 거래를 하겠다는 거요?"

"그렇다네."

"궁금하구려. 내게 뭘 줄 수 있는지……."

"목숨과 무공, 혹은 명예와 부귀까지도 가능하지."

"어떻게 말이오? 이미 구천맹의 반역자로 낙인찍힌 사람인데."

궁비영이 심드렁하게 물었다.

"다른 사람은 몰라도 나만은 그 모든 것을 말 한마디로 바꿔놓을 수 있네. 고육책이라고 아나?"

오죽노가 말했다. 하긴 생각해 보면 그렇기도 하다. 오죽노의 말 한마디면 궁비영의 처지는 한순간에 변할 수도 있었다. 그가 한 모든 일, 유령문에 맹의 계획을 알린 반역의 행동이 모두 적을 속이기 위한 오죽노의 고육책에 의한 것이라면 모든 것이 변할 수 있다.

"고육책이라……. 이 모든 게 그대의 계획하에 일어난 일이라고 하겠다는 것이오? 난 고육책의 희생자고?"

"가장 설득력 있는 말이지."

오죽노가 고개를 끄떡였다. 그러자 궁비영이 관심을 보이며 물었다.

"하면 내가 내놓아야 할 것은 뭐요?"

"두 가지네."

"말해보시오."

"하나는 자네가 알고 있는 유령문의 모든 것, 소남원의 금옥에서 말하지 않은 것들을 말하게. 둘은… 정말로 고육책을 쓰는 것이지."

"내게 그들 속으로 들어가라는 것이오?"

"바로 그거네. 아마도 조만간 그들은 자넬 구하러 올 거야."

"어째서 그렇게 생각하시오? 그게 얼마나 위험한 일인지 그들이 모르겠소? 함정은 그들에게 통하지 않을 것이오."

궁비영이 비웃음을 흘렸다. 그러자 오죽노가 고개를 저었다.

"자넨 아직도 그들에 대해 제대로 모르는군. 그들은 자기 사람이라고 생각되면 어떤 희생을 치르더라도 반드시 구해내네. 그것이 유령문이 어둠 속에 살면서도 지금까지 유지되어 온 이유지. 마천이나 구천맹을 적으로 두고도 살아남을 수 있는 문파가 세상에 얼마나 되겠나."

"누구와는 다르구려."

"무슨 소린가?"

"몰라서 묻는 거요?"

궁비영이 한 줄기 미소와 함께 되물었다. 그러자 오죽노의 얼굴이 딱딱하게 굳었다.

"날 두고 하는 소린가?"

"잘 알고 계시는구려."

"음, 이 거래는 좀 힘들겠군."

"맞소. 어려운 거래요. 믿음이 없는 거래는 결국 깨지게 마련이오. 난 당신을 믿지 않소. 그대의 과거 행적을 제법 알고 있으니까."

"그 모든 것은 마천을 상대하기 위함이었네."

"유령문을 배신한 것도 말이오?"

"후환은 남기는 법이 아니야. 악의 씨는 철저히 파괴해야 해."

오죽노가 단호하게 말했다.

"문제는 누가 악인지를 그대가 결정했다는 것이오. 그대의 판단이 틀렸을 수도 있지 않소?"

궁비영이 물었다. 그러자 오죽노가 고개를 끄덕였다.

"물론 내 판단이 틀렸을 수도 있지. 하지만 세상에 확실한 것은 없네. 모든 일은 가능성을 가지고 판단하는 거지. 난 유령문이 악이라고 구 할 확신하네."

오죽노가 단호한 모습을 보였다. 그러자 궁비영은 갑자기 궁금해졌다. 오죽노의 이런 모습은 냉철하게 유령문을 판단했다기보다는 감정적인 적의에 가까웠다.

'이자가 유령문과 무슨 원한이라도 있나?'

호기심이 슬그머니 일어났다.

"유령문과는 어떤 사이요?"

불쑥 궁비영이 물었다. 그러자 오죽노가 갑자기 당황한 표정을 짓는다.

"그게 무슨 소린가?"

"당신은 지금 내게 유령문에 대한 당신의 판단을 믿으라고 하지만 내가 보기에 당신은 유령문에 대해 본능적인 적의를 가지고 있는 것 같아서 말이오. 감정이 앞서는 사람의 판단을 어찌 믿을 수 있겠소? 그래서 묻는 거요. 유령문과는 어떤 사이요?"

궁비영이 다시 물었다. 그러자 오죽노가 흠칫한 표정을 짓다가 이내 차갑게 얼굴을 굳히며 말했다.

"권주를 마다하고 벌주를 받겠다면 나도 어쩔 수 없지. 그저 유령문을 낚아내는 미끼로 쓰면 그만이야. 아마도 자넨 오늘의 결정을 곧 후회하게 될 걸세. 비참한 말로에서 말이야."

오죽노가 자리에서 일어났다. 그러고는 달리는 마차 문을 열었다. 그러자 왕풍이 말 한 필을 끌고 다가왔다.

"흐흐, 지금 도망가는 거요?"

궁비영이 오죽노의 심기를 긁었다.

"도망?"

오죽노가 궁비영을 돌아봤다. 그러자 궁비영이 실실거리며 대답했다.

"이거 아주 새로운 모습인걸. 천하의 오죽노가 말씨름에 밀려 도망을 다 가다니. 그래서 더 궁금하군. 그대와 유령문의 인연이."

궁비영의 말에 한순간 오죽노 혜간의 눈에 살기가 일어났다 사라졌다. 그러고는 짐짓 미소를 지으며 말했다.

"아쉬운 일이군. 자넨 영원히 그 수수께끼를 풀지 못할 테니."

"뭐, 그럼 할 수 없고."

궁비영이 심드렁하게 대답했다. 그러자 오죽노가 다시 한 번 궁비영을 노려보고는 훌쩍 신형을 날려 왕풍이 끌고 온 말에 올랐다.

"서둘러라! 곧 날이 저문다!"

오죽노의 목소리가 마차 안까지 들렸다. 그러자 궁비영이 심각한 표정으로 중얼거렸다.

"저자가 정말 당황한 것인가? 알 수 없군. 무슨 비밀일까?'

오죽노 혜간과 유령문 사이에 알려진 것과 다른 무엇인가가 있음을 궁비영은 확신할 수 있었다.

* * *

"이건 너무나 위험한 일입니다."

초로의 노인이 심각한 표정으로 말했다. 궁비영이 대도 해제의 유물이 함정이라는 말을 전한 유령문의 동왕 귀보전이다.

"그래도 해야 해요."

얼굴을 면사로 가린 여인이 대답했다.

"그러나……."

"그는 가치가 있는 사람이에요."

"물론 그렇기는 하지요."

귀보전이 대답했다.

"령주께서는 그에게 큰 기대를 하고 있어요."

"그러나 그렇다고 그 하나를 위해 문의 형제들을 희생시킨다는 것은……. 외람되지만 혹 그의 아들이기 때문입니까?"

그러자 면사의 여인이 침묵을 지킨다. 그러나 그 침묵은 그리 오래가지 않았다.

"부인하지는 않겠어요. 그러나 그의 아들이라는 것은 그를 구해야 하는 이유 중 삼 할도 되지 않아요."

"생각보다 적군요. 전 오 할은 넘을 줄 알았습니다."

귀보전이 고개를 갸웃하며 대답했다. 그러자 면사 여인이 귀보전을 보며 물었다.

"동왕께서는 우리 유령문이 지금껏 명맥을 유지할 수 있는 이유가 뭐라고 생각하나요?"

"흠, 아마도 항상 위험에 대비해 준비를 해왔기 때문일 겁니다. 지난번 구천맹의 배신 때에도 미리 준비를 해놓았기에 그나마 쉽게 재기할 수 있었지요."

"마곡산에서의 피해를 최소화할 수 있던 이유가 뭐지요?"

"그건… 역시 그 때문이라고 할 수 있겠지요. 궁 대협이 아니었다면 꼼짝없이 멸문을 당했을 것입니다. 그렇게 보면 그의 아들을 구하는 것은 당연한 일이기도 합니다만……."

"제가 지금 말하고자 하는 것은 그에게 은혜를 갚기 위해 그의 아들을 구해야 한다는 것이 아니에요."

"하면……?"

"궁 대협이 왜 오죽노의 배신을 우리에게 알렸는지 그걸 잊지 말라는 것이에요."

"그건… 역시 그 자신이 먼저 구천맹에서 배신당했기 때문이겠지요. 당시 그는 이미 오죽노가 자신을 죽이려 한다는 것을 알고 있지 않았습니까?"

"꼭 그것 때문만은 아니죠. 그가 우리에게 구천맹의 기습을 알린 것은 평소 령주님과 그 사이에 형성된 신뢰 때문이었어요. 그는 곧은 사람이라 도저히 령주님을 배신할 수 없었던 거죠. 그런데 만약 평소 령주께서 그에게 그런 신뢰감을 주지 않았다면 과연 그가 위험을 무릅쓰고 우리에게 오죽노의 배신을 알렸을까요?"

"그건 쉽지 않았겠지요."

귀보전이 고개를 젓는다.

"만약 그가 마곡산으로 오지 않고 다른 곳으로 탈출했다면 그는 절대 오죽노의 마수에 빠지지 않았을 거예요. 자신이 원하는 대로 세상에서 몸을 숨기고 자유롭게 살았을 수도 있겠지요."

여인의 말에 귀보전이 고개를 끄떡였다.

"듣고 보니 소문주님 말씀이 맞습니다. 그는 차마 령주님과의 의리를 저버리지 못한 것이지요."

귀보전의 말에 여인이 잠시 침묵을 지키다가 말했다.

"유령문이 수많은 적의 공격에도 무너지지 않고 명맥을 유지할 수 있는 이유는 바로 그것이에요. 진실한 친구를 배신하지 않는 것, 그들의 위험을 모른 척하지 않는 것이지요."

면사 여인이 단호한 표정으로 말했다. 귀보전이 그녀의 단호함에 대답을 하지 못했다. 그러자 여인이 다시 입을 열었다.

"그렇게 우리의 도움을 받은 사람들은, 물론 모두는 아니지만 거의 대부분 본 문이 위기에 빠졌을 때 음으로 양으로 우릴 도와주었어요. 그 힘이 수많은 난관 속에서도 유령문을 존속하게 한 것이에요."

"알겠습니다, 무슨 말씀을 하시려는지. 오늘 위험하다고 그를 구하지 않으면 내일 그의 도움을 바랄 수 없다는 말씀이시군요. 물론 궁 대협의 도움 또한 말입니다."

"맞아요. 더군다나 이 일을 주시하는 사람이 결코 본 문의 형제들만이 아니라는 사실을 명심하세요."

"그렇기는 하지요. 목불 역시 이 일을 알고 있으니."

"목불이 흔쾌히 우리의 부탁을 들어줄 정도라면 궁비영이라는 사람은 이미 강호에서 무척 중요한 인물이에요. 위험을 감수할 충분한 가치가 있는 사람이란 거죠. 아무튼 그 모든 것을 떠나 령주님의 명이 내려왔으니 따라야죠."

"알겠습니다."

귀보전이 가볍게 고개를 숙여 보였다.

*　　　*　　　*

"왜 돌아가지 않는 거요?"

중광이 당목에게 물었다. 그러자 당목이 되물었다.

"그러는 당신은 왜 돌아가지 않소?"

중광이 되돌아온 질문에 대답하지 못했다. 그러다가 한참 후에 입을 열었다.

"날 비난하고 있소?"

"어떨 것 같소?"

"음, 비난받아도 싸지. 수십 년 친구를 배신했으니. 흐흐."

중광이 실소를 흘렸다.

"누구도 당신을 비난할 수는 없을 것이오."

당목이 무심하게 말했다.

"당신이라도 그리했겠소?"

중광이 물었다. 당목은 그 질문에는 침묵을 지켰다.

"달랐을 거란 말이군."

"이해는 하오."

"이해는 하지만 선택은 달랐을 거란 말이잖소?"

"난… 그대보다 지킬 것이 많지 않소."

"하하, 설마 그럴 리가. 나야 북산 제룡가의 일개 외가 출신, 그대는 대당문의 사람이오. 어찌 지킬 것이 나보다 적겠소."

중광이 고개를 저으며 말했다. 그러자 당목이 씁쓸한 표정으로 대답했다.

"이미 이야기 들었소. 그대 가문의 꿈을. 그 일을 평생의 원으로 살던 사람이 그대의 부친, 어찌 그 뜻을 거역하겠소."

"후후, 친구의 죽음을 딛고 올라선 가문의 영광이라……. 세상 사람들이 알면 모두 비웃을 거요."

"누가 그 사실을 알겠소."

"이미 그대도 알고 있지 않소? 그렇다면 구천맹의 모든 사람이 알게 될 거요."

"그래도 그대의 가문을 비난하지 못하오. 왜냐하면 그렇게 따지면 구천맹의 모든 사람도 배신자이니 말이오."

"하긴… 유령문을 배신한 것은 구천맹이니까. 오직 배신하지 않은 사람은 궁 가주님이시라……. 흐흐흐, 하긴 처음부터 우리완 다른 분이었지."

중광이 미친놈처럼 실실거렸다. 그의 웃음 속에서 짙은 열패감이 느껴진다. 스스로에 대해, 그리고 부친과 가문에 대한 자괴감에서 쉽게 빠져나올 것 같지 않았다.

"그런데 언제까지 저 일행을 따라갈 거요?"

당목이 다시 처음의 질문을 던졌다.

"쉽게 돌아서지 못하겠소이다."

"허락받은 시간은 겨우 이틀이오. 그 안에는 소남원으로 돌아가야 하오."

"그렇기는 한데… 그러는 그대는 왜 아직도 저들을 따라가고 있는 거요?"

"글쎄… 그걸 나도 모르겠소. 내가 왜 아직도 저들을 따라가고 있는지."

당목이 씁쓸한 표정으로 대답했다. 어쩌면 그녀는 궁비영이 광혈단을 복용하고 선천지기를 일으켜 탈출을 시도하길 기다리고 있는지도 몰랐다. 그때가 되면 구천맹의 일원으로 그를 제압하려 할지, 혹은 그에게 광혈단을 준 장본인으로서 그를 도울지는 그녀 자신도 알지 못했다.

"녀석, 그래도 고분고분 따라가고 있네."

중광이 중얼거렸다.

"그가 할 일은 별로 없을 거요."

당목이 말했다. 광혈단의 존재를 중광이 알 리 없다. 그러나 광혈단의 존재를 모름에도 불구하고 중광은 당목이 말에 고개를 저었다.

"그건 그대가 녀석을 잘 몰라서 하는 말이오."

"무슨 소리요?"

"녀석은 반드시 탈출을 시도할 거요."

"공력이 없는데 무슨 수로 그가 탈출을 하겠소."

"후후후, 나만큼 녀석을 잘 아는 놈도 없소. 어떤 수를 쓰든 녀석은 반드시 탈출을 시도할 거요."

중광은 확신했다. 그러자 당목이 중광에게 물었다.

"만약 정말 그가 탈출을 시도한다면 그대는 어쩔 생각이오?"

"그게 무슨 말이오?"

"그를 잡을 거요, 도울 거요?"

당목의 물음에 중광이 걸음을 뚝 멈췄다.

"그러게. 그거 곤란한 일이군. 배신은 한 번으로 족한데……."

"그가 탈출을 시도하길 기다린 것 아니오?"

당목이 다시 물었다. 그러자 중광이 갑자기 두려운 표정을 짓더니 무겁게 걸음을 돌렸다.

"제길, 아마 나도 모르게 그랬던 모양이오. 돌아갑시다. 이러지도 저러지도 못할 것은 우리 둘 모두 마찬가지인데 녀석이 도망가거나 혹은 죽는 꼴을 지켜볼 수는 없는 일 아니오?"

중광의 말에 당목이 크게 한숨을 내쉬었다. 그러고는 고개를 끄떡이며 말했다.

"동병상련이라……. 맞소. 나도 사실 그 일이 일어나길 기대하면서도 내 눈으로 보는 것을 두려워하고 있던 것 같소. 돌아갑시다. 그의 운명은 이제 그의 것이지 나로선……."

당목의 얼굴이 일그러졌다. 고통이 느껴지는 표정이다.

두 사람이 차마 걸음을 떼지 못하고 다시금 멀어지는 궁비영 일행에게 시선을 주었다. 그러다 한순간 도망치듯 온 길을 되짚어 달리기 시작했다.

*　　　*　　　*

멀리 숲 사이로 솜털 같은 안개가 들어앉았다. 숲은 길 하나를 내어주고는 사방을 막았다. 작은 능선을 넘을 때마다 눈앞으로 펼쳐지는 숲이 막막하기까지 했다.

쏴아!

한순간 마차 안까지 물 흐르는 소리가 들려왔다. 궁비영이 감고 있던 눈을 떴다. 눈을 뜨자 이상하게도 숲의 냄새가 더 강렬하게 느껴졌다.

'계곡이 있구나.'

숲의 냄새가 강렬해진 것은 계곡에서 일어나는 습기 때문이었다. 고개를 내밀어 창밖을 보니 앞쪽에 거친 물살의 계곡이 있고 그 위를 지나는 나무다리가 보였다.

'좋은 기회긴 한데……'

계곡의 물살에 몸을 맡기면 아무리 구천맹의 고수들일지라도 그를 추격하기 쉽지 않을 것이다. 더군다나 그 소리만으로도 계곡의 물살이 보통 강한 것이 아닌 듯 보였다.

콱!

궁비영이 품속에 숨겨두었던 광혈단을 잡았다. 그러나 다음 순간 갈등이 일었다. 기회는 왔지만 광혈단의 부작용이 그의 손을 막았다. 광혈단을 복용하는 순간 그는 몇 시진 후 생사의 갈림길에 설 수도 있었다.

선천지기를 건드린다는 것은 곧 사람의 생명을 칼 위에 올려놓는 것이나 마찬가지다. 더군다나 그 기운을 빌려 무공을 쓰게 되면 필시 극도의 위험에 처하게 될 것이다.

한참을 고민하던 궁비영이 마차가 계곡으로부터 이십여 장 가까이 다가섰을 때 피식 웃음을 흘렸다.

'그렇다고 이대로 끌려다닐 수는 없는 일 아닌가? 결국 오죽노는 욕심을 채우는 순간 날 죽이겠지. 그럴 바에야 한판 도박을 해보는 것도 나쁜 일은 아닐 것이다.'

궁비영은 결심을 굳혔다. 그러자 마음이 한결 가벼워진다.

궁비영이 망설이지 않고 손에 든 광혈단을 입에 넣었다. 싸늘한 기운이 혀끝에 느껴지더니 이내 목을 타고 식도로 넘어갔다.

"후욱!"

궁비영은 자신도 모르게 깊은 숨을 내쉬었다. 그 탓에 광혈단의 기운 일부가 코로 흘러나왔다. 그 순간 얼음같이 서늘하던 광혈단의 기운이 갑자기 변했다.

'큭!'

강렬한 고통. 냉기가 열기로 변했다. 갑자기 단전에서 뜨거운 불덩어리를 넣은 것 같은 열기가 일어났다. 그리고 순식간에 그 열기와 고통이 온몸으로 퍼졌다.

"후욱후욱!"

궁비영이 연신 호흡을 내쉬었다. 고통을 견디고 열기를 다스리기 위함이다.

그런데 갑자기 궁비영의 뇌리에 무화공의 구결이 떠올랐다. 이상한 일이었다. 왜 무화공의 구결이 그 순간 떠올랐는지, 그리고 그 강렬하던 광혈단의 기운이 무화공의 구결에 따라 순한 양처럼 말을 듣기 시작하는지.

'하늘이 기회를 주는가!'

자신의 의지대로 광혈단의 기운을 움직이자 갑자기 이 죽음의 사슬을 뚫고 나갈 수 있다는 자신감이 생겼다. 그런데 다음 순간 궁비영의 표정이 변했다.

"헉!"

궁비영이 자신도 모르게 헛바람을 흘렸다. 무화공에 통제되는 듯하던 광혈단의 기운이 마치 화산 터지듯 수십 배로 강렬해졌기 때문이다.

"크으!"

궁비영의 입에서 나직한 신음성이 흘러나왔다.

그러자 마차와 가장 가까이 있던 구천맹의 고수가 고개를 돌려 마차 안을 살폈다. 그의 눈에 벌겋게 상기된 궁비영이 신음을 흘리며 고개를 숙이고 있는 것이 보였다.

"무슨 일이냐? 어디가 아픈 것이냐?"

구천맹의 고수가 급히 마차 곁으로 다가서며 물었다. 순간 궁비영이 고개를 들었다.

"헉!"

궁비영에게 다가서던 구천맹의 고수가 궁비영과 눈을 마주치는 순간 기겁하며 뒤로 물러났다. 그 순간 궁비영의 손에서 날카로운 기운이 뻗어 나오더니 그대로 구천맹 고수의 목을 관통했다. 천강지다.

"악!"

구천맹의 고수가 단말마의 비명을 지르며 그대로 말 위에서 떨어져 숨을 거뒀다. 순간 궁비영이 마차를 박차고 밖으로 뛰쳐나갔다.

"조심해! 놈이 탈출했다!"

뒤쪽에서 마차를 따르던 구천맹의 고수들이 마차를 벗어나는 궁비영을 보며 소리쳤다. 그러고는 지체하지 않고 도검을 빼 들고 궁비영을 덮쳤다.

"와라!"

궁비영이 상처 입은 호랑이처럼 소리쳤다. 그러고는 그의 손이 벼락처럼 움직였다.

파팟!

그의 손에서 두 개의 암기가 날았다. 그러자 그를 향해 달려들던 구천맹의 고수 둘이 예상치 못한 공격에 미처 암기를 피하지 못하고 말 위에서 떨어졌다.

"죽어라!"

궁비영이 말 위에서 떨어지는 자들을 향해 날아가며 장력을 날렸다. 그러면서도 궁비영은 자신의 행동이 크게 잘못되었다는 것을 스스로 느끼고 있었다.

'뭘 하는 거냐!'

궁비영이 말에서 떨어진 자들을 공격하면서 스스로를 질책했다. 지금은 적을 죽일 때가 아니고 도주할 때였다. 그런데 그의 몸이 이성과는 달리 기이한 살기에 휩싸여 도주 대신 싸움을 선택하고 있었다.

"놈!"

쓰러진 구천맹 고수들에게 최후의 일격을 날리려는 순간, 궁비영의 등 뒤에서 노성이 터지면서 서늘한 기운이 밀려들었다. 궁비영이 본능적으로 오른쪽으로 신형을 던졌다.

퍼퍼퍽!

그가 있던 자리에 매서운 검기가 꽂혀들었다. 어느새 석화 반궁이 궁비영을 공격한 것이다. 과연 그의 별호에 걸맞은 빠른 움직임이었다.

투툭!

궁비영이 서너 번 땅을 구른 후 훌쩍 몸을 띄웠다. 그러자 그의 몸이 비호처럼 아름드리나무를 타고 올라 무성한 가지 사이로 사라졌다.

"쫓아!"

석화 반궁의 입에서 차가운 명이 흘러나왔다. 구천맹의 고수들이 일제히 궁비영이 날아오른 나무를 향해 몸을 날리기 시작했다.

궁비영은 자신을 향해 날아오르는 구천맹 고수들을 보며 좀 더 높은 곳으로 몸을 날렸다. 사람의 무게를 감당하기에는 지나치게 가느다란 나무 꼭대기까지 이동한 궁비영은 재빨리 몸을 뒤로 뉘였다. 그러자 그의 신형이 나뭇가지와 함께 크게 휘어졌다.

"이놈!"

그사이 어느새 다가온 구천맹의 고수들이 그를 향해 도검을 뻗어냈다. 순간 궁비영의 무게에 휘어졌던 나뭇가지가 한 번 출렁이더니 그 반발력으로 급격하게 반대 방향으로 솟구쳤다.

팟!

궁비영이 광혈단의 기운을 모아 나뭇가지를 차며 허공으로 날아올랐다. 그런 그를 향해 다섯 개의 도검이 화살처럼 꽂혀 들었다.

궁비영이 재빨리 두 손으로 허공을 휘어잡는 듯한 자세를 취했다. 그러자 거짓말처럼 궁비영이 그 자리에서 사라졌다. 월천보가 펼쳐진 것이다.

서걱서걱!

궁비영이 사라진 나뭇가지가 구천맹 고수들의 도검에 서너 토막으로 잘려 나간다.

"남쪽이다!"

나무 위까지 궁비영을 쫓아 올랐던 석화 반궁이 화살처럼 날아가며 소리쳤다. 그러자 구천맹의 고수들이 일제히 반궁을 따라 남쪽으로 치달았다.

"어찌 된 일일꼬?"

궁비영의 도주로 혼란스런 와중에도 오죽노 혜간은 별로 다급한 표정 없이 고개를 갸웃하며 중얼거렸다.

"무공을 회복한 듯합니다."

구천맹 무원의 고수 왕풍이 말했다.

"그런 것 같은데, 도대체 어떻게?"

오죽노가 다시 중얼거렸다.

"확실히 내공을 흩어놓은 것입니까?"

"음, 소남원주가 실수할 사람은 아니잖소?"

"그렇기는 하지요. 하면 결국 방법은 하나인데……."

"역시 왕 노사도 그렇게 생각하오?"

"그렇습니다. 선천지기를 끌어 쓰지 않고서야 저런 무공을 보일 수 없지요."

"문제는 녀석이 어떻게 선천지기를 일으켰냐는 거요. 선천
지기를 일으키기 위해선 둘 중 하나가 필요하오. 일정 수준의
내공이나 혹은 신단. 둘 모두 녀석에게는 없는 것인데……."

"누군가 녀석을 도왔다는 말이 되는군요."

"결국 그런 건가?"

오죽노가 고개를 갸웃한다.

"뇌옥에 다녀간 자들을 조사하지요."

"음, 필요한 일이긴 하오. 하지만 지금은 녀석을 잡는 것이
더 중요하오."

"석화가 움직였으니 도주할 수는 없을 겁니다."

"나도 그리 생각하지만 왠지 느낌이 좋지 않군. 이럴 때 그
들이 나타난다면……."

"주변의 감시는 철저히 하고 있습니다. 아직까지 그들의 흔
적은 발견되지 않았습니다."

"하지만 그들은 유령문이오."

"귀신이라 해도 오죽노께서 준비하신 그물을 벗어날 수는
없을 겁니다."

왕풍이 단정하듯 말했다.

"나도 그러길 바라오."

몸속에서 일어난 뜨거운 열기가 전신을 태울 것 같다. 그 힘
이 워낙 강렬해서 도주하기 위해서가 아니라 살기 위해서라도

물속에 뛰어들어야 할 판이다.

팟!

궁비영은 다시 한 번 월천보를 펼쳤다. 그러자 그의 몸이 한 순간에 십여 장에 이르는 거대한 바위 위로 올라섰다.

"서랏!"

그가 바위에 올라서자마자 등 뒤에서 추격자들의 목소리가 들리더니 뒤를 이어 수십 개의 암기가 등 뒤로 날아들었다.

순간 궁비영이 바위 아래 거칠게 흘러가는 계곡 속으로 몸을 던졌다.

"살아난다면! 오늘의 이 빚을 반드시 갚겠다!"

물속으로 뛰어든 궁비영의 신형은 더 이상 보이지 않고 그의 목소리만이 숲에 남았다.

"어찌할까요?"

한순간에 궁비영을 놓친 구천맹의 고수들이 석화 반궁을 보며 물었다. 그러자 반궁이 침착하게 대답했다.

"사람은 숨을 쉬지 않고는 살 수 없다. 그것이 비록 흑성이라 해도. 계곡 좌우에서 따라 내려간다. 각자의 간격은 십 장, 좌우로 백여 장을 살피면 놈이 빠져나갈 방도는 없다. 추격하라!"

반궁의 명에 구천맹의 고수들이 두 무리로 흩어지더니 계곡 양편을 따라 하류로 달리기 시작했다.

숨을 쉬기 위해선 얼굴을 물 밖으로 내밀어야 했다. 그때마다 계곡 양옆으로 달리고 있는 구천맹의 고수들이 보였다.

'기회가 없어.'

상황이 절망적이라는 것을 부인할 수 없었다. 사람이 물고 기가 아닌 이상 언제까지 물속에 있을 수는 없다. 기회를 보아 땅으로 올라가 도주해야 하는데 구천맹의 추격자들은 그럴 기회를 주지 않았다.

더 큰 문제는 선천지기의 기운이 서서히 옅어지고 있다는 사실이다. 선천지기가 모두 흩어지면 그는 이 격류에서 버틸 수 없었다.

'결정을 해야 한다.'

궁비영은 자신에게 시간이 없음을 누구보다 잘 알고 있었 다. 그에게는 두 가지 길이 있다.

하나는 물에서 나가 승부를 보는 것이다. 그러나 지금 상태 에선 도저히 구천맹의 추격자들을 따돌릴 자신이 없었다.

두 번째는 이대로 물을 따라 내려가면서 가면(假眠)의 상태 에 들어가는 것이다.

흑성이 되기 위한 수련에서 신체의 모든 기능을 최소화한 가면의 상태로 들어가는 법을 배운 궁비영이다. 은신법의 한 방법인데, 숨을 쉬지 않고도 이삼 일을 버틸 수가 있다.

그러나 그 방법 역시 위험하기는 첫 번째 방법보다 더하면 더하지 덜하지 않았다. 정신이 혼미한 상태에서 격류에 밀려 가다 보면 바위에 부딪쳐 몸이 부서질 수도 있고, 혹은 가면의 상태에서 영원히 깨어나지 못할 수도 있었다.

둘 모두 삼 할의 가능성도 없는 방법이다. 그러나 그래도 궁비영은 선택을 해야 했다. 가면에 빠지는 것 역시 처음에는 진기가 필요하니 선천지기가 모두 사라지기 전에 행해야 한다.

'운명은 사람의 것이 아니라 하늘의 것이라고 했던가.'

궁비영이 물속에서 피식 웃음을 흘렸다. 북산 제룡가의 무노로 살아가야 할 자신의 운명을 비관할 때마다 그의 아버지 궁도요가 한 말이 바로 운명은 사람의 것이 아니라 하늘의 것이라는 말이었다.

'사람은 그저 자신의 할 바를 다하면 그뿐이다. 오히려 가벼워서 좋은 점도 있지 않느냐?'

당시에는 아버지의 궤변이라고 생각했다. 그러나 지금 이 지경이 되고 보니 하늘에 운명을 맡기는 것도 나쁘지는 않다는 생각이 들었다.

'한숨 자고 일어나면 내 운명이 드러나겠지. 저승에서 깨어날지 이승에서 깨어날지. 아무튼 난 최선을 다했어.'

궁비영은 자신의 길을 선택했다. 궁비영은 다시 한 번 고개를 물 밖으로 내밀었다. 여전히 좌우 숲에서 바람처럼 달리는 구천맹 고수들의 기척이 느껴진다.

"흡!"

궁비영이 숨을 크게 들이쉬고는 다시 물속으로 들어갔다. 그러고는 천천히 자신의 숨을, 의식을 스스로 몰아내기 시작했다.

그러다가 문득 궁비영은 다시 눈을 떴다. 그러고는 급히 품속을 뒤져 한 알의 푸른색 환단을 꺼내 손에 말아 쥐었다.

　그 직후 시야가 뿌옇게 흐려지기 시작했다. 그 광포하던 계곡의 물소리도 서서히 엷어지기 시작했다. 그리고 급기야 그는 광란의 물속에서 잠이 들었다.

＊　　＊　　＊

　꾸륵꾸륵!

　물새 소리가 들렸다. 뒤를 이어 노 젓는 소리도 들린다. 그리고 다시 파도 소리가 들렸다.

　'기이한 일이다.'

　궁비영은 긴 잠에서 깨어났다. 그런데 그의 귀에 들려오는 소리들이 그를 혼란스럽게 만들었다. 그는 분명 장강의 지류인 협곡에 몸을 던졌는데 들리는 소리와 묻어나는 향기는 바다의 그것이었다.

　'설마 그 긴 장강을 떠내려와 바다에 닿았다는 건가?'

　불가능한 일이다. 아무리 가면의 상태로 버틴다고 해도 길고 긴 장강을 떠내려왔다면 당연히 죽었어야 한다.

　궁비영이 눈을 떴다. 눈으로 보아야 자신의 운명을 확인할 수 있을 것 같았다.

　"깨어났군요."

　궁비영이 눈을 뜨자 한 사람의 모습이 그의 시야에 들어왔다. 면사를 한 여인이다. 그래서인지 신비로운 기운이 묻어난다.

'저승인가?

궁비영은 쉽사리 자신의 생사를 구분할 수 없었다.

"여긴 어디요?"

궁비영이 물었다. 그러자 면사 여인이 대답했다.

"죽지 않았으니 행인가요, 아니면 불행인가요?"

『검은 별』 5권에 계속…

문용신 新무협 판타지 소설

FANTASTIC ORIENTAL HEROES

한량 아버지를 뒷바라지하며
호시탐탐 가출을 꿈꾸던 궁외수.

어린 시절 이어진 인연은
그를 세상 밖으로 이끄는데……

"내가 정혼녀 하나 못 지킬 것처럼 보여?"

글자조차 모르는 까막눈이지만,
하늘이 내린 재능과 악마의 심장은
전 무림이 그를 주목하게 한다.

"이 시간 이후 당신에겐 위협 따윈 없는 거요."

무림에 무서운 놈이 나타났다!

Book Publishing CHUNGEORAM

유행이 아닌 자유추구 -
WWW.chungeoram.com

전혁 新무협 판타지 소설
FANTASTIC ORIENTAL HEROES

왕후장상

『월풍』, 『신궁전설』의 작가 전혁이 전하는
유쾌, 상쾌, 통쾌 스토리, 『왕후장상』!

문서 위조계의 기린아 기무결.
사기 쳐서 잘 먹고 잘살던 그에게 날벼락이 떨어졌다.
바로 녹슨 칼에서 나온 오천만 냥짜리 보물지도!

기무결에게 내려진 숙제,
오천만 냥을 찾아라!

그러나 꼬인 행보 끝 도착한 곳은 동창의 감옥이었으니…….

"으아악! 이게 뭐야!! 무림맹이 왜 여기 있는 거야!"

천하제일거부를 향한 기무결의
끝없는 도전이 시작된다!

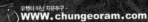

용마검전
FANTASY FRONTIER SPIRIT
김재한 판타지 장편 소설

「폭염의 용제」, 「성운을 먹는 자」의 작가 김재한!
또다시 새로운 신화를 완성하다!

『용마검전』

사악한 용마족의 왕 아테인을 쓰러뜨리고
용마전쟁을 끝낸 용사 아젤!

그러나 그 대가로 받은 것은 죽음에 이르는 저주.
아젤은 저주를 풀기 위해 기나긴 잠에 빠져든다.

그로부터 220년 후……

긴 잠에서 깨어난 아젤이 본 것은
인간과 용마족이 더불어 살아가는 새로운 세상이었다.

Book Publishing CHUNGEORAM

www.chungeoram.com

연재 사이트 베스트 1위!
어디에서도 볼 수 없었던 천재 의사가 온다!

『메디컬 환생』

언제나 실패만 거듭해 온 의사 진현,
그런 그에게 찾아온 인연의 끈이 있었으니.

"다시 삶을 살면… 어떤 삶을 살고 싶으신가요?"

다시 한 번 주어진 인생
이번엔 반드시 성공하리라!

Book Publishing CHUNGEORAM

유행이 아닌 자유추구 -
WWW. chungeoram.com